文芸社セレクション

八十七歳、闇と光

雲霧 仁美

JN126689

文芸社

にも、市の初代教育委員長を務めたり、市の医師会長を長年にわたって務めたりしていた。名誉市民第一号に選ばれていたので、亡くなった時は市民葬が行われた。

母もいろいろな活動をしていた。人権擁護委員、家事調停委員を、その制度ができた時から務めていた。

父も母も藍綬褒章を受章しており、宮中での授賞式に、私も妹も付き添って行ったことがある。

物心ついた時から、自宅にお風呂があり電話があった。女中さんがいた。戦前には〝にいや〟とよばれる男衆もいた。

歳を取って振り返ってみれば、普通の家でなかったとわかる。が、当時はそういう認識はなかった。

この家に生まれたことで良かったこともたくさんあっただろうが、いろいろ制約を受けて、得られなかったもの失ったものも多い、と私は思う。

特に母は厳しかった。女中さんがいると言っても、食事は母が作っていた。私も食事を作ったし、足袋の繕いもした。特に母は、十やるべきことがあったとして、九つちゃんとやっていてもそれを褒めないで、出来なかった一つのことを責める、そんな人だった。とにかく厳しかった。私は父親っ子だったが、父も甘くはなかった。二人とも初めて親になって「かくあるべし」という規範を持っており、私がそこからはみ出すことが許せなかったのかもしれない。

四年生の時に終戦。それから全てが変わった。国民学校が小学校になった。五、六年の時の担任はかわいがってくれたが、教師の中には、こういう家の娘ということで目の敵にされたのか、明らかに私に厳しく当たる教師もいて、深く傷ついたものだった。

後年、東京で開かれた高校の同窓会に出席した時、後輩の女の子から「仁美ちゃんは私のマドンナだったの。特別な存在だったのよ」と言われ、あまりにも思いがけなくて驚いたことがあった。そういう周囲の目に私は全く気づいていなかった。


だが、友だちには恵まれていた。

小学校の時に仲良かったのはS穂さん。学校でずっと一緒なのに、下校後も互いの家を行き来して暗くなるまで喋っていた。

中学校ではS子さん。彼女は外見も人柄も『若草物語』のジョーそのまま。学芸会で実際にジョーを演じたこともある。私の気持ちは、男子に対する恋愛感情に近いものだった。人を好きになった最初だ。特別な間柄。彼女は『ひまわり』を購読し私は『少女の友』を取っていた。彼女は松竹歌劇の水の江瀧子、私は宝塚の春日野八千代のファン。

当時男役のスターーだった春日野八千代。

父の学会のお供で大阪へ行った時に、従姉が宝塚歌劇のチケットをとってくれていた。そこで春日野八千代を観て、たちまちのぼせ上がったのだ。

思えばあれが、何かの虜になった最初だった。

高校時代

高校では、終生の友となるT美さん、Yちゃんと出会った。80を過ぎた今でも付き合いは続いている。甘い思い出も苦い思い出も共有している。現在は大阪、新居浜、東京と離れて住んでいる。三人とも夫を亡くし、色んな手術も経験して元気いっぱいというわけではないが、４年前に松山に三人集まって、思う存分喋った。

大事な男友だちも得た。中学から親しかったFくんと、高校で出会ったHくんとは、終生の友となった。

彼らは京大に入った。Fくんは経済学部、Hくんは医学部。私は東京の大学に進学した。大学４年間、まめに手紙のやり取りをし、帰省中はよくT美さんやYちゃんも一緒に遊んだものだった。京都に誘ってくれ名所旧跡を案内してもらったこともあった。その後も二人が亡くなるまで、やりとりは続いた。恋心、というものはなかったけれど、本当に大事な、いい友達だった。恋心がなかったからこそ、続いたのかもしれないが。

恋心と言えるものを抱いていたのは、高校３年生の時に初めて同じクラスになったMくん。席が並んでいたので、仲良くなった。噂になったり色んなことがあったが、恋人ではなかった。厳しい家庭に育って私がお堅かったからか、高校時代は友情で良かったのだ。でも、HくんやFくんとは明らかに違う存在だった。

高校卒業とともにMくんの消息は途絶える。

彼と再会したのは36歳の時。母校で同窓会名簿を作ることになり、Mくんの勤務先を知っていた人が、職場の電話番号を教えてくれた。今だったら個人情報保護の観点からあり得ないことだが、いろいろとおおらかな時代だった。

当時、大阪に住む従姉が病気になり、初めて子供を置いて出掛けた。従姉を見舞い、大阪に住んでいた親友Yちゃんに会った。Mくんは名古屋にいた。途中下車して会えばと彼女に勧められ、迷ったが勤務先に電話した。

「もしお会いできるなら、名古屋で降りようと思う」と。突然のことなのに快諾してくれた。ホームまで迎えに来てくれ、ホテルのレストランで食事しながら、三時間ほど高校時代のことなど喋って、新幹線に乗って帰京した。

もちろん、彼も妻子があったし、それ以上のことはなかった。高校時代も恋人同士というわけでもなかったが、時間を作って逢ってくれたのだから、特別な感情（友情？）を持ってくれていたと言うことだろう。

この名古屋での時間は、私の生涯で最もロマンチックなひとときとして、今も心の中で輝いている。

十六年ぶりにまみえし人と眺めたる
名古屋の城に満月の昇る

野球漬けの大学時代

大学時代、私がのめり込んでいたのは学生野球だ。

「一球入魂」の言葉を最初に使ったと言われる飛田穂洲先生。早稲田大学の初代監督で、その後新聞記者として野球の評論などを書き、学生野球の父と言われた方だ。

昭和25年、中学校3年の夏、松山東高校が甲子園で優勝した。戦後初だったこともあり、愛媛県民の魂を揺さぶった。私が野球に関心を持つきっかけになった。次第に世の中の人の関心が薄れていく中で、私の興味は深まるばかりだった。

昭和28年、高校3年の夏の甲子園大会決勝戦は、愛媛県の松山商業と高知県の土佐高校の対戦だった。「どちらにも優勝旗をあげたい」と飛田先生が朝日新聞で評価した名試合だった。その試合と先生の評論が、ますます私を野球にのめり込ませ、野球評論家になりたいと思うようになった。

父は医者で、私も医学部に行くと周囲の人も自分も思っていた。受験が近づき、学力的に医学部は無理で、薬学部に、ということになり、2校受けたが、落ちた。それからどうするかといろいろ調べ、一緒に上京していた母、地元にいた父と相談した。受験出来る大学を探して、青山学院の文学部英米文学科を受けた。今のように高校が面倒を見てくれることはなく、当時高校は内申書を書くだけだった。今は学部も豊富で選択肢が多く、うらやましい限りだ。

昭和29年のことだったが、父は手に職を持つことにこだわっていた。大学へ行くこと自体が珍しい時代で、その年、女子で東京の四年制大学に進んだのは、うちの学校では私だけだった。

青山学院大学に入ると毎週土日は神宮球場に通った。

青山学院は東京六大学ではないが、神宮球場に近く、通うのにも都合が良かったと言えるかもしれない。

神宮の内野スタンドに一人で座って、スコアブックをつけながら観戦する、当時としてはちょっと変わった女学生だった。

そして試合の感想を、慶應の野球部でレギュラーだった池西宏幸さんに書き送った。愛媛の西条高出身の池西さんとはちょっとしたご縁を得ており、池西さんからはお返事と、試合の招待券もいただいた。卒業するまで文通が続いた。野球の感想のみのやりとりだけだったが。

そして、都内の大学生で組織された学生放送協会に属したお陰で、飛田先生と知り合うことができた。

野球というものを純粋に好きな私を、先生は認めて下さった。

大学を卒業する時、就職の相談に伺った。「野球評論家になるより良いお母さんになりなさい」と助言して下さった。その時のお手紙はまだ持っている。

野球記者になりたしといふ我に
　よき母になれと飛田穂洲先生

見合い、そして結婚へ

飛田先生のお言葉に従い、私は大学卒業後、愛媛に戻った。

私は医学部にも薬学部にも入れなかったが、両親は結婚相手を探す時、医者にこだわり、何人かの人と見合いをしたがうまくいかず、いつからかサラリーマンとも見合いするようになった。東京の大学の男の友人たちに、親のいいなりになるのかと揶揄されたりしたものだった。

医者と結婚していたら、実家はなくならなかったかも知れない、と今は思う。

高校からの友人、そして親友になったHくんと結婚していたら、と思うことがある。彼は京大の医学部に入った。ずっと親しく近くにいたが、お互い別に好きな人がいたりして当時はそんなことは考えなかった。

結婚はチャンスとよく言うが、結婚しようかという気持ちに、同じ時期になっていたら……、と後に考えたりしたものだ。

大学を卒業して二年後、昭和35年、私は東京の一流企業に勤める研究職の男性と結婚した。お見合いだった。彼は7歳年上で、旧制高校最後の卒業生だった。私は勉強を続ける人が好みだった。釣書に、六ヵ国語が出来ると書いてあった。
一人息子だったので、姑と同居することになった。

結婚する1年前に義父は亡くなっていたが、見合い話が出た時は存命で、私の出身大学まで、病身を押して調べに行ったという。私が野球評論家になりたいと言っていたと聞いて、英文科を出て野球を好きな女が、家庭に落ち着けるかと危惧していたという。しかし夫が、どうしても私と結婚したいと、出来なければ一生後悔すると、強く望んだそうだ。

私は大学を卒業して実家に帰っていたが、彼はそこまでやって来て、見合いした。彼は見合い写真で既に気に入っていたようで、その日返事を求められた。もちろん返事などできなかった。

連れ合いを亡くしたばかりの姑のいる一人息子のところへ嫁ぐことを案じてくれる親戚もいたが、私は自分の親も誰かに見てもらうのだからと気にしなかった。甘かった。同居であれほど苦労すると思わなかったし、また、実の親の介護もすることになるとは、その時思っていなかった。

私は生まれた時から健康優良児で、どちらかというと太っていたが、結婚してすぐ10キロ痩せた。それからなかなか太らず、学生時代の友人に会うと、みんなに痩せたね、と言われたものだった。

　姑はお嬢様育ちで気難しい人だった。夫が朝早く出勤すると、ずっと姑と二人。３６５日24時間一緒だった。どんなによい人でも気は使う。心休まる時はない。私が我慢することで家の中が平穏ならば、と気を張って、どんどん痩せていったのだと思う。里帰りの度、母が嘆いた。

　　姑の眼に言葉に心凍りつき
　　　ただ涙していた若き日のわれ

　夫は、大手企業の研究開発部門に勤めていた。彼は、４つの学会に属していて、丸善から、毎月何冊もの洋書が届いていた。夕食後それらの書物を熱心に読んでいた。そして論文を書いていた。

　その後、パリで開かれた国際会議に連れて行ってもらったことがある。東大や阪大の若い学者さんたちが近づいてきて、「岡田さんは凄いです。下を見ないで、フランス語ですらすらと発表しましたよ」と感嘆の面持ちだった。

　また、マサチューセッツ工科大学の教授が、「ミスター岡田は素晴らしい。今日の発表もよかったが、いつも論文拝見してますよ」と言って下さった。

日頃勉強していることは、意義があったのだと、その時実感した。

正月には、家族連れで部下が訪ねて来た。お節料理をたくさん作っていても、若い人はよく食べる。冷凍庫もコンビニもない時代、足らなくなったらどうしようと、気をもんだものだった。

人をもてなすのは、好きだ。実家は来客の多い家だったから、お客を迎えることには馴れていた。

夫が外国で作ってきた友人が、何人も我が家に泊まった。楽しい思い出だ。

しかし姑は、機嫌のよい時は優しく物分かりもよかったが、ちょっとこじれると、大変だった。旧家のお嬢様だったから、気まぐれだった。

当事の私は、若く上手に対処することが出来ず、気を遣い過ぎて、みるみる痩せていった。生まれた時から健康優良児だった私が。

結婚してから実にいろいろな病気にかかるようになるのである。

夫と二人きりで出掛けたのは、結婚のご挨拶に、上司の家を訪ねた時だけだ。

私が出掛けるのも、私のところへ人が訪ねてくるのも、快く思わなかった姑だが、夫の命で、代々木まで、ロシア語を習いに行くことには文句はなかった。

夫の言うことには逆らわなかった。

先輩のUさんが、大学の校友会の市川支部をつくろうとした時、立ち上げから声をかけて頂いて、その行事に熱心に参加したが、問題はなかった。もちろん夜出掛ける時は、みんなの夕飯は作って出掛けたが。

ほろ酔い加減で帰宅しても、その時は姑は何も言わなかった。

親友との出会い

娘たちが生まれ、生活はそれなりに安定していった。長女が小学校に入学し、担任の先生に誘われ短歌の会に入り、短歌を始めた。読書部にも入り、充実の日々が続いた。

そして市川では大きな出会いもあった。Tさん。池波正太郎さんゆかりの地を一緒にめぐってくれた親友だ。

友達にはずっと恵まれ、その点は幸せ者だと思う。特に、Tさんに出会えたことに勝る幸せはない。

ある程度の年齢以上になると友達は出来にくいと言われるものだが、32歳で私は彼女に出会った。お互い娘二人を持っていたが、子供たちの学年は同じではない。次女が年少だった時、一つ上の娘のいるTさんと、幼稚園の役員会で知り合った。役員会で、いつもてきぱきと的確な発言をする彼女に惹かれた。「私も同じ意見だわ」と注目し、どんどん好きになっていった。

何か珍しいものが手に入ったら、彼女に食べさせたいと家まで届けたりした。同じ歳だとわかった。他にも共通点がたくさんあった。読書が好きなこと。違う学校だが、同じ年に大学を卒業したことなど。

私のお熱に、夫は、「あなたの片思いではないの」とからかったものだった。

長女の小学校卒業と同時に、我が家は多摩地区に引っ越しをした。市川から片道2時間くらいかかる所だ。最初のうちは行ったり来たりしていたが、そのうちお茶の水で会うようになる。

嫁ぎ来て子を産み育てしこの家には
　わが哀歓の歴史残るも

われにとり変革の年と友の言う
　この地にも友にも別れ行くなり

夫の起業

夫は昭和54年、会社をやめて、高松で創業した。突然だった。何の相談もなかった。「相談したら、反対されるから」と。彼は工学博士の学位を持つ研究開発の人で、彼を知る人はすべて、会社を興すことは反対だった。営業を知らないから、と。

だが夫は高松の伯母が守っていた先祖代々の家の長屋門の一角で、会社を立ち上げた。子供たちは小さく、姑もいて、家のローンも払い終わっていなかった。お金の手当を何もせず、私と娘二人を東京に残し、自身はさっさと香川に飛んだ。

退職する前、彼は取締役だった。退職後1年間は嘱託扱いで少し給料をもらっていた。しかしそれまでの収入の3分の1に激減。苦しいことは言うまでもなかった。安定した東京にある一流企業の研究職に嫁がせたと思っていたのに、いきなり貧乏になり、苦労する私を見て、両親は戸惑い、腹を立てた。父は医者で、周囲に事業家などはいなかった。

親からもらった私の貯金で凌ぎ、パートを始めた。

結婚前、高校の英語教師を1年やったことがあるだけで、会社勤めの経験のない私を、友人が自分の会社を手伝って欲しいと、いいタイミングで誘ってくれたのだった。学習書を作る小さな会社で、私は総務と校正を受け持った。不慣れなことだったが、娘たちのために必死で働いた。お金が必要だったから。家の近くで、友人の会社だし、何とか勤めることができた。

夫は私たちに何の相談もなく会社を作ったのに、東京の自宅を東京出張所ということにして、私にも色んな仕事を手伝わせた。

2年目には、東京の展示会に自社製品を出すにあたって、会場へ私に行くように指示をしてきた。会場に詰める社員がいないし、お金がないからと。

夫の会社は研削砥石を製造販売している。夫は、「これを読んでおいて」と、1メートルくらいの高さまで砥石の専門書を積み上げて言った。私は必死に勉強した。香川県のブース内に製品を置かせてもらったので、他社や県庁の人がいて、助けてもらい、何とかやってのけた。

夫が創業し、私はお金に余裕がなくなったが、月一度のTさんとのデートは続けていた。

Tさんは毎月岩波ホールの映画に連れて行ってくれた。映画を観る前に食事をする。観終わったあと、古本屋で本をいろいろ眺め（お金がないから簡単には買えないが、見るだけでも楽しいので）、そしてお茶を飲む。司書の仕事をしていたこともあって、全ての費用を彼女が出してくれていた。今思っても本当に感謝しかない。コロナ前までは会っていたが、今は文通を続けている。

不安でたまらない時、どれだけ慰められ支えられたことだろう。あの時彼女が側にいてくれなかったら、物心両面で私は崩壊していたに違いない。

会社の本業の砥石製品は、すぐ現金で入って来ない。そこで夫は砥石を利用した泡風呂セットを造り、私に売るように言ってきた。

これは特許も取ったし優れもので、我が家では現在でも使っているが、拒否反応を示す人や無関心な人も多く、高額ということもあって、簡単には売れるものではない。私を信頼してくれる人が買ってくれた。使ったら良かったと、二個三個と買ってくれる人も何人もいて、本当に有り難かった。

その後も夫は、さまざまなものを、創ったり仕入れて来たりしては、売ってくれと、私に言ったものだった。娘たちのためにも、お金は必要だったので、私は頑張った。

Tさんはどんなものもすべて買ってくれた。

辛くて不安でどうしようもない時は、電話して、Tさんに心のたけを聞いてもらったりもした。

今でもその頃のことを思うと涙が出る。

友と会う神田の街で本探し

コーヒー飲みて語りて尽きぬ

東京と香川の二重生活

私は東京と香川を行ったり来たりするようになった。
夫は相談なく会社をつくって香川に移り住んだのだから、「行かなくても良かったんだよ」とのちに次女に言われたが、夫のことを放っておくことも出来なかった。
東京にずっといたら、ゆったりと短歌を詠んだり、小説を書いたりする生活をしていたかも知れない。ボランティア活動ももっとたくさん出来たかも知れない。東京で一流企業の男性と結婚し、優雅とまではいかないまでも、平穏な暮らしをするはずが、予想もしなかった生活になった。

小説を読むのが大好きな私だが、夫が創業した頃は新聞を読むことも出来なかった。活字が眼に入ってこなかったのだ。物心共に余裕がなく、短歌もやめてしまった。

もともと高松の家は　ムメノさんという夫の父の姉が、ずっと守ってくれていた。
ムメノさんは一度嫁いだが、医師の夫が、看護婦さんと浮気をしたと言って、女の子をおいて、戻って来た、誇り高く我儘な人。

自民党高松支部の婦人部長を勤めたこともあり、大平正芳総理からの年賀状が残っていたりした。女傑という感じの人。

義父が定年退職した時、本来なら、高松の家に戻らなければならなかった筈なのに、市川に居を構えたのは、義母がどうしても、ムメノさんのいる家に帰るのは嫌だと、言い張ったからだと言う。義父も厳しい人なのに、何故義母の言うことを聞いたのだろうと、思っていた。とても義母はムメノさんと一緒に暮らすことは無理だと思ったからではないかと思う。

私も夫に嫌だと言い張ればよかったと思ったりするが。

結婚した時、義母との同居は嫌だ、ムメノさんの介護に高松に通うのは嫌だ、そして何より、順調にいっている会社をやめて、高松で起業するなんて無謀なことはやめてと言ったら、彼はどう言ったろう。

「言えばよかったのに」と、娘たちは言うが。

高松に通わず、ずっと東京で生活できていたら、私は落ち着いてやりたいことが出来たかもと思う。

ムメノさんは厳めしく肌の色は浅黒く、いかにも女丈夫という感じ。だが私たちはかわいがられた。帰郷の度、連絡船の改札口まで来てくれる。一緒に玉藻公園や五色台にも行った。

くも膜下出血で倒れた時、最初は自宅介護。

昔の家のトイレは、家の端でしかも雨戸の外にあった。ムメノさんは、小肥りだったから、世話は大変だった。

この頃から私の肩、腰が痛み始める。


ムメノさんは、駅前にあったH厚生病院に入院した。付き添いさんを雇った。一ヶ月に一回お見舞いに行く。家族のおかずをいろいろ作って、冷凍して。その頃は冷蔵庫の最上段に冷凍室がついていた。その時諸々の支払いを済ます。

そんな生活が一年余り続いていたある日、国分寺町の役場から、電話が掛かってきた。「落ち着いてきたし長引いて、何かと大変でしょうから、老人ホームに移ってはどうでしょう」と提言を頂いた。その電話を受けたのは、私だった。「お願いします」と速答したら、「ご主人に相談しなくて、いいのですか?」と聞かれた。

夫が反対する理由がない。

その頃老人ホームという施設があったかどうかは定かではない。満濃荘というその施設は、善通寺市にあって、家からは、ちょっと遠かった。

頻繁には行けなかったが、とてもよい施設で、行き届いた介護がされていたので、安心だった。

ここで一年あまり暮らして、ムメノさんは息を引き取った。

ムメノさんの遺体は、山の上の火葬場で、荼毘に付された。

ムメノさんの棺は炉の中に入れられた。夫と私は裏側に回るよう言われ、火を付けさせられた。

ショッキングな忘れられない、思い出だ。

亡くなったことを知らせた時、娘さんは亡くなっていて、彼女の夫が、お坊さんを一人連れてきて、葬儀に参列した。

高松の家の横にムメノさん名義の土地があった。今は家（東京の家と違い、田舎のまあまあ広い家）が八軒ほど建っているくらい、広い土地である。

宅地は義父名義だったので夫が相続したが、ムメノさん名義の土地の名義を換えておかなければ、岡田のものでなくなる、娘のほうに相続される、とムメノさんの生前から周囲の人が心配してくれていた。

当時夫は会社員でずっと東京にいたので、事情がよくわからず、みんなの忠告に従うのみ。

その土地は農地なので、農業を出来る者しか継ぐことができない。しかも町と県の農業委員会の審査を受けなければならない。会社員の夫は駄目、老人の姑にも資格なし。私しか資格がない。

高松に住民票を移し、委員会の問題の勉強を始めた。

私はノートを持って、農業政策の権威である近所のS澤さんのおうちへ通った。委員会で出題されそうな問題を、S澤さんが考えて下さって、どの様に答えればよいかを教えてくれる。

大学入試以来の勉強。大学入試にはなかった口頭試問の練習。農業のことは全く知らない。戦時中、うちの田んぼで、田植えをしたり、草取りをした経験はある。手にいっぱいヤニをつけながら、芋掘りもした。

要するに農業経験皆無の私が、試験に挑むというわけだ。

町の委員会は、近くで昔から、うちの事情をよくご存知で、無審査で了承された。残るは、県の委員会。私は勉強を頑張っていたが、実家の父は心配して、いろいろ考えてくれていた。

そして県の委員会の委員長だか副委員長だかに知り合いがいることがわかった。

父の協力と私の踏ん張りで、ムメノさんの土地を岡田のものとして残すことが出来た。

この奮闘中に、姑が、

「あなたが嫁でよかった」

としみじみと言ってくれた言葉が忘れられない。

土地は私の名義となった。


ムメノさんの死後数日して、娘さんの夫から遺産の請求があった。

ムメノさんが入っていた満濃荘は、彼女らの家のすぐ近くだったという。

一度でもお見舞いに来てくれていたら、と思う。


後年夫は、ムメノさんが守っていた家の長屋門で起業した。

何年かして資金繰りに困った時、夫は、苦労して私名義にした土地を売った。何の相談もなし。いくらで売ったという報告もなし。

しかし私の身には、さまざまな思いがけないことが起こった。

全国津々浦々の施設から、寄付の要請があった。ゴルフ会員権の購入、とてつもなく高いマンション購入の勧め、高額所得者名簿を買わないか等々。

どれも現実の世界のこととは思えなかった。

ゴルフの会員権なんて、その意味すら知らなかった。スポーツは好きで観たりするが、ゴルフは全く無縁。

郵便局の人が、局長の手紙を持って、勧誘に来た時に「何故?」って尋ねた。言ってはいけないのだけどと、教えてくれたのは、私が高額所得者として税務署に名前が張り出されたことだった。

びっくりぎょうてん！　とはこのこと。

高額所得者名簿は、見てみたかった。たった一度のチャンスだろうから。

定価は一万円。

一週間を千円で暮らしている我が家が、そんなものを買えるわけがない。

こんな暮らしの私にいろいろ言ってくるなんて、全く茶番としか言い様がない。


それから30年以上経ったある時、夫と次女と私の三人で話していた。この土地の話になった。

あの時は大変だったなあ。住所も移したし、S澤さんには、本当にお世話になったなどと話しても、夫は無反応。何の話をしてるんだという顔。よくよく聞いてみると、土地を岡田の名義にするための私の苦労奮闘など、全く頭に入っていないことがわかった。

土地を売ったお金についても、彼はこう言った。困っていたから、会社に入れた、と。当然という顔だった。

この時の私の気持ち。寂しさ、悲しみがきて、怒り。

会社に使ってもよい。しかし「あの時は苦労かけたな」の一言くらいは、あってもよいのではないか。

虚しさすら感じた。

しかし、あの土地を私の名義にしておいてよかったのだ。

私の奮闘について、夫が些かの認識も持っていなかったとしても。

そうして、昭和59年に姑を見送り、人並みの体型となっていたが、平成元年春、バセドー病を発症。あっという間に10キロ痩せて、周囲に癌だと疑われたほどだった。眼球が飛び出し人相が変わった。息切れがひどく、色んな症状に苦しめられ、長年虎の門病院に通った。

東京の病院に通いながら、スケジュールを上手に組んで香川に行く、という生活が続いた。

デパートの明るき鏡にうつる顔
　おのがものとは思へず見入る

池波さんとの出会い

池波さんに出会ったのは、全くの偶然だった。高松で三越から駅に向かっていた時、民放テレビ局のビルのロビーでJRの落とし物を販売していた。夫の雨傘を買おうと、中に入った。話には聞いていたが、実際に落とし物の販売会を見るのは初めてだった。いろいろなものが段ボールに入っていた。鉛筆やシャーペンがたくさんあったのは、驚きだった。一つの段ボール箱の中に、文庫本が並んでいた。その中で唯一、読んでみようかと思ったのが、『剣客商売』第4巻だった。

池波さんは平成2年に急逝、その時、没後9年ほど経っていた。当時の私は、池波正太郎という名前を知っていたのだろうか。池波さんが直木賞をとった時、一緒に芥川賞をとった北杜夫さんのことは明瞭に記憶しているのに、その横にいたはずの池波正太郎さんのことは何の記憶もない。

『剣客商売』は全く知らなかった。面白かった。第1巻から揃えて全部読み、他の短篇もいくつか読み、そして『鬼平犯科帳』を手に取る。

読み進む中、私は鬼平の虜になった。そしてそのうち、鬼平が好きなのか、池波さんが好きなのかわからなくなった。書店へ行く。古書店へ行く。図書館へ行く。古書の展示会へ行く。池波さんの本ばかり漁った。そして池波さんの本ばかり読んだ。熱にうかされたようだった。

火のようだった。国会図書館へも、電車を乗り継ぎ、次女に連れて行ってもらった。亡くなった時のすべての雑誌新聞の特集を調べに。

烈しく池波さんのことを想っていた。24時間、３６０度、私のすべてで。

妹も娘たちも、私が元気になってよかったと喜んでくれた。

夫の事業のことで、私の心身は疲弊しきっていた。いまだ経験したことのないことで、不安で怖くて精神は揺れ動いていたが、会社の仕事を手伝わなければならず……。次々病気して、ご飯を食べられなくて、痩せていって……。

そんな私を池波さんが救ってくれた。

私は心も体もふくよかになっていった。元気になっていった。

池波さんの著作物を読むだけでなく、池波さんに関わるすべてのことに関心を持った。

Ｂｅｆｏｒｅ池波とＡｆｔｅｒ池波で大きく変わったと、娘たちは言う。

小説が大好きでよく読んでいたのに、池波正太郎を知ったのは遅かった。初めて池波さんの本を手にしたのは池波さんが白血病で亡くなってから10年近く経ってからだった。

池波さんを知ってから、街歩きを始めた。食べ歩きも、一人旅もした。すべて池波さんがエッセイに書いてあるところだけだが。親友が上野で生まれ育っていて、池波さんの生活圏と重なるので、池波さんの本を片手に、生家跡を探したり、小学校へ行ってみたり。『てんぷら近藤』、『山の上ホテル』、『花ぶさ』、『いまむら』、『まつや』などへも彼女に一緒に行ってもらった。料理を食べるというより、池波さんを知っている人に、そのお人柄などを聴きたくて、だった。

私は愛媛で生まれ育ち、東京の大学に進んだ。休みには、必ず帰省し、結婚後も東京に住み、まめに帰省していたから、旅行に不慣れというわけではない。なのに、〝旅〟というものはしたことがなかった。乗り物が苦手ということも大きかったし、日常を生きるのが精一杯で、非日常の行いをわざわざしようと思わなかった。非日常の魅力がわかるようになったのは、60歳を過ぎてのことだった。

あの時期に出会ったから、あそこまでのめり込んだと言える。池波さんのよさがわかったのだと思う。そして私を救ってくれたのだと思う。

家族の看取り

香川に1年の半分くらい滞在することになったことで、愛媛の両親の介護にも通いやすくなった。良かったのか悪かったのかはわからないが、父も母も私が看取ることになった。

父とは結婚後も強くつながっていた。父は医師会の会合で上京すると、わが家に泊まった。そして時間のある時は私や娘を連れ出してくれた。香取神宮、鹿島神社、御嶽山などに一緒に行ったものだった。

そういう父も80を過ぎるといくつかの病気を発症し、入退院を繰り返した。

平成6年、1年以上病床にあった父は、複数のヘルパーさんに交替で24時間付き添ってもらって、自宅で療養していた。私と妹と弟は、交替で実家に帰っていた。

11月のある日、夕方私が実家に着き、「明日ゆっくり話そう」と父は言った。だが、次の日早朝から容態が急変し、主治医の先生が到着する前に逝ってしまった。

私が帰郷して次の日に亡くなったことに、「先生は仁美ちゃんが帰るのを待っていたのよ」と周りの人から言われた。待っていたのなら次の日に急いで逝かなくても、と私は恨みがましく思った。

父の葬儀の間はなんとか頑張ったが、高熱を出し何日も寝込んだ。

帰り来て明日話そうと約せしに
　父はそのまま逝ってしまへり

父が逝ってから、母は6年間、新居浜の家で一人で暮らしていた。80歳で右大腿骨骨折、3年後左脚を骨折して、家の中で杖をついて生活していた。ヘルパーさんに来てもらっていたが、一人で暮らすのが難しくなったため、平成13年1月に母を入院させた。

松山は母の実家がある街。弟が中学高校時代を過ごし、そして何年間か結婚生活を送り仕事をしていた街。その松山にある病院に入れたのだが、その日も、私は熱を出した。思えば夫の会社の創業の日も高熱が出た。大きな変化に体がついていかないのかもしれない。

私と妹と弟、3人でよく考えて、弟が厳選した病院に入院させた。父亡き後も必死で守ってきた家を離れ、母は寂しかったと思う。最善のことと決めたはずなのに、母の心を思うと今でも苦しい。

その夜弟は、私と妹を行きつけのお寿司屋に連れて行ってくれた。瀬戸内海の新鮮な魚介が並んでいて、美味しそうだったが、私は体調が悪く食べられなかった。先にホテルに戻った。

それが、実は弟と一緒に食事をする最後の機会だったのだ。

それから数日後に弟は入院し大腸癌を宣告された。それもかなり進んだ……。

私と妹は7つ違い、弟とは9歳半離れている。そのため、二人にとって私は母親に近い存在だったようだ。妹と弟は2つ違いだったため仲が良く、二人とも京大に学び、お互いによく理解し合っていた。妹は最期まで弟に寄り添った。

2月15日、弟の手術の日。

私は母のところにいて、手術には妹と姪（弟の長女）が立ち会った。朝9時から始まり、4時間くらいかかるから連絡するのは夕方になると言われていた。しかし電話のベルが鳴ったのは、午前11時。早い……！

ドラマでよくあるように、「開けたが、手がつけられない状態で、すぐ閉めた」と。

弟はそれから5ヶ月後に逝った。私より10歳も若かったのに。チューリッヒまでユングの研究に行ったのに、志半ばで逝ってしまった。

老い母と二人の娘と悔しさを
遺して弟早々と逝けり

母はそれから5年生きた。最愛の息子の死を知らずに。私も介護のため妹とスケジュールを調整しながら5年間松山へ通った。その間に私は70歳になったが、あまり自分が歳をとったことは気にならなかった。私は看る側の人間で、若いのだと、そう思っていた。
　母の姉は劇作家で、母も大学生の時から窪田空穂に師事していた。長年短歌を詠んでおり、晩年は詠んでいなかったが、歌誌はずっと母のところに送られてきていた。

母と病室にいる時間が長かったのに、短歌の話をしなかったことを悔いている。その時は短歌のことは私の頭の中になかったので仕方ないのだが、後年短歌を再び詠むようになってから、とても残念に思っている。

白寿まで生きしわが母誇りをり
窪田空穂の直弟子たりしを

看る人のさまざまな性《さが》引き出して
母九十九才しづかに逝けり

夫との時間

弟が逝った平成13年の12月、夫が目の不調を訴え、病院に行くことになった。

「網膜剝離だって。明日入院して、次の日手術だと言われた」

夕方帰って来た夫が言った。

網膜剝離？　手術？　全身麻酔しての手術だという。怖い。

夫が手術室へ入ったあと、私は弟の手術の日を思い出した。


夫の手術は成功し、3時間で病室に戻って来た。穴の開いている場所が正確にわからないので、厄介な手術になる。3時間くらいかかると言われていたが、その通りの時間だった。麻酔がまだ完全に切れていなかったが、意識はしっかりしていた。手術そのものの痛みはないそうだ。

執刀した先生と立ち会った先生が病室に見えて、手術の説明をして下さった。穴が二つ開いていたこと、その位置を確認出来たこと、眼の手術としては最も大がかりなものだったことなど、そしてガスを眼の中に入れたこと。ガスを入れた場合は、1日最低8時間はうつ伏せにならなければならないと。これがかなり苦痛らしい。しかし治癒の成果は、それにかかっていると言われると、頑張ってもらうしかない。手術は成功して治る見込みがたっているのだから、本人も頑張れるし、付き添っているほうも張り合いがある。弟の時とは違う。

この時私は、池波正太郎との出会いからこれまでのことを事細かに話した。二人でその様な時間を持ったのは、何年振りのことだったろう。夫は私の心情を心底理解したようだった。「充実してるんだね」と言った。そう、充実している。元気になった。

夫とわれを結びし縁は何なるや
異なる性を持つこの二人

私の病歴を羅列してみる。

結婚して2年目に腰を痛めた。椎間板障害。市川の家の庭が広くて、庭木が多くて、その掃除がひとつの理由。同居の姑の看護もあった。

そしてバセドー病。

バセドーで通院中、胃潰瘍にもなった。胃や腸の検査は定期的に受け、生検を何度も受けている。

心因性心筋梗塞で、心臓内科にかかったこともあった。

顎関節症にも苦しめられている。

物を噛む時思うように口が開かず、その上カチカチと大きな音がする。とても痛い。長女が、歯科医をしている小学時代の同級生にその症状を話したら、顎関節症だろうと。東京医科歯科大学歯学部出身の彼が専門医の後輩を紹介してくれた。何年もお茶の水の医科歯科大学病院まで通った。今も何かあると痛みが強くなる。

肩、足、腰、腕と、健全なところはひとつもない。

そして掌蹠膿疱症《しょうせきのうほうしょう》！　聞いたこともなかった病名だ。掌と足の裏に膿疱が出来る病気だ。手足の皮が剝け見た目も良くないが、それ以上に痛いのだ。酷い時は物を持つのも歩くのも痛い。膿疱の痛みは辛いが、それ以上に、体のすべての関節に痛みが出ると医師に言われたことに畏れを抱いている。

バセドー病も掌蹠膿疱症も完治はないということで、症状は軽くなっても一生付き合っていかなければならない。

胃潰瘍もバセドーも掌蹠膿疱症も、すべてストレスが原因と言われている。いかにストレスが多い人生だったということか。

しかし命にかかわる大きな病気をしていないのは（今までのところ、ではあるが）、両親に感謝すべきなのかも知れない。

幾度も瀬戸大橋を行き来して
姑父母を看取りて老いぬ

親たちの介護終われば夫病みて
我が心身の休まる時なし

夫の死

平成24年、夫が病気になり、仕事が出来なくなった。私も香川に行く時間を増やし、娘たちも仕事をやりくりして、夫の看護をした。

起業してしばらくは社長を務めていたが、後に夫は会長となり、社長は、独立した時連れて来た部下が務めていた。会長とは言え、自宅内に会社があることもあり、自らの研究と、全般的な総務的なことも夫が務めていた。しかしそれらが出来なくなった。その頃当時の社長とは思い出したくもないつらいやりとりがあり、大いに苦しめられたが、会社の株を持って下さっている高知の会社の方や、お世話になっている税理士の方のお陰もあり、なんとか切り抜けることが出来た。

社長の息子は次期社長候補として、夫の会社で働いていた。社長と違い私たちに友好的だったし、元気だった時から夫も望んでいたことだったので、私たちも息子が新社長になることに異論はなかった。夫が存命のうちに株主総会を開き、当時の社長も了承し、社長交代となったのだった。

夫は平成26年夏、この世を去った。

日々のなすべきことの多ければ
　夫の病をしばし忘るる

やみくもに己が信念貫きて
　夫は生きたりそして逝きたり

あんなに望んで私を妻にしたのに、苦労ばかりかけた夫だった。姑との同居の苦労、創業の苦労、そしてその後も……。愛情は持っていてくれたのだろうが、それを示す方法を彼は知らなかったし、示さなければいけないという思いもなかったのではないだろうか。

私は、贅沢で豊かな暮らしがしたかったわけではない。ただ、自分の時間がもっと欲しかった。そしていたわられ、やさしくくるまれることだけが願いだった。一言、「苦労かけたね、ありがとう」の言葉があれば救われたのに。

和やかに語られいしは亡き夫の
　優れた業績　無知な日常

車椅子押してまわりしスーパーの
あちらこちらに夫の面影

パリの学会の思い出

五十余年の結婚生活の中で、夫が旅行に連れて行ってくれたのは、たった二回。新婚旅行と、昭和50年、パリであった国際的な学会の時だけだ。

しかしこの学会の海外旅行は、夫がくれた数少ない宝物のような思い出かもしれない。この学会で彼はフランス語で堂々と発表をしたそうで、若き東大や阪大の学者たちが敬愛のまなざしと共に、私に報告してくれた。私はレディースコースに参加していたので、彼の講演を聴くことができなかったのだが。

彼との生活でこの時が一番楽しかった。世界のこの道のトップの人たちと歓談できた。もっともっと繋がりを強めることもできたのに、夫は自分の発表を終えると公的パーティに出ただけでホテルに引きこもった。

そしてパリを離れて、ベルギーやドイツの友人を訪ねた。ベルギーの友人D氏は東京の我が家に来たこともあり、再会は楽しかったが、パリでもっと新たな人脈を広げていたら、と残念に思ったものだった。

ドイツ人の友人・H氏宅には2泊し、家族ぐるみで仲良くなった。H夫人とは長い間英語で文通した。

後年、日本の学会の要請で、夫妻で来日した時は、公的なスケジュールを終えると、夫が個人的に面倒をみた。関わりのある大学や教授や会社を訪ねて日本全国を回った。仙台、名古屋、岐阜、松本、滋賀、広島、高松と。

夫たちが会議の間、私は夫人にずっと同行してサポートし、彼女と益々仲良くなった。しかし夫の部下の社員が、「奥さん死にますよ」と夫に言ったぐらい日数もお金も充分でない強行軍で、本当に大変だった。が、彼は自分が案内したい所、会わせたい人にはすべて会わせることにこだわったので、殺人的スケジュールとなった。

彼は乗り物が大好きなので苦ではなかったが、私は苦手。上京後、列車に乗って帰省していたが、乗り物に酔うので、旅行は好きではなかった。

家で本を読んでいるのが好き。家事も嫌いではない。変化のない日常が好きだった。

池波さんを知り、上田へ行ったり由布院へ行ったり、一人ホテルへ泊まったり、と、旅をするようになって、非日常の愉しさを知った。Ａｆｔｅｒ池波の私だったら、この時の旅ももっと豊かなものにしてあげられたのにと、残念に思う。

フランスの友と語りし夜楽し
ベルサイユよりもルーヴルよりも

取締役就任

私の生涯一番の出来事といえば何と言っても夫の無謀な脱サラ創業だ。それまでの平凡だが落ち着いた生活が一変した。

東京の安定した一流企業の研究職に嫁がせたと思っていたのに、いきなり貧乏になり苦労する私を見て、両親は戸惑い腹をたてた。両親をはじめ周りの人にも心労と迷惑をかけた。

大学入試に失敗したり、跡取りの弟が老母を遺して早世したりと辛い出来事がなかったわけではない。

でもお金がなく、近い未来に入る見通しもなかったことは、本当に恐怖だった。実家が恵まれた家庭だったこと（周囲に思われていたほど豊かではなかったが）やそれまでの生活ぶりなどから、そこまで逼迫していると周りの人に理解されなかったことも、一層私を追い詰めたと思う。展示会に出てアピールし、彼が新しい製品を持って来て売ってくれというと、友人知人に頼んで買ってもらった。今考えると冷や汗が出る。

更に私の身に起こった予想外のことは、夫の死後、彼が遺した会社に大きく関わらなければならなくなったことだ。私は会社のオーナーということになったらしい。

　高松の土地家屋は担保に入っている。会社の唯一の担保。自分で売ることも出来ない土地家屋だが、税金を払い、保険料も払い続けている。そうすることが、会社のためになることだから。

　夫の四十九日の時、コンサルタントの先生から、「奥さん、取締役をやりなさい」と言われた。そこにいた社員らからも「やって下さい」と言われ、戸惑ったが、非常勤でいいというし、軽く引き受けた。株主総会で決めなければならないことなので、事後承諾という形で了承してもらったが。

　散々手伝わされたこともあり、ある面では会社のことは私が一番よく知っている。しかし会社勤めの経験もなく製品の専門的なことはわからず、その上老齢である。私に出来ることはあるのか。

　現社長も頑張ってくれてはいるが、いろいろ問題も多く、苦労が絶えない。

　創業した時、娘たちにはこれ以上ない苦労をかけているので、再び負の財産を背負わせないよう、その思いだけで頑張っている。


　夫の死から3年、またも思わぬことが起こった。あろうことか東京の家の寝室の床が抜け落ちたのだ。寝ている時だったりして、怪我をしなかったのは、本当に幸いだった。

東京の家も築50年ほど、近所が建て替えをする中、我が家にはとてもそんな予算はないと諦めていたが、待ったなし。建て直すしかない。これまでの貯蓄と長女の貯金で払える範囲で作れる住宅メーカーを探し、建て替えることとなった。

仮住まいへ引っ越し、家を解体、新居の建築、再引っ越しと大体の日程が決まる。荷物の整理が始まった。

依頼した引っ越し業者は、無料で不要品を捨ててくれるという。値段以外に、それもその業者を選んだ理由だった。

その間も高松へは行っていた。

会社は揺れていた。岐路に立っていたというべきか。

学者肌の夫が創り、ほんわか雑然としていた会社に、世間並みの秩序を作ろうと、コンサルティングの会社が入って来ようとしていた。税理士の先生の提案、勧めだった。

そのこと自体は、問題なく必然のことだったが、社員の抵抗は大きかった。

それまでの諸々が変わってしまうわけだから。更に問題なのは、高額の費用がかかることだった。

決めるのは社長だが、私も蚊帳の外と決め込むわけにはいかない。

知識も経験も乏しく、実務の中にいない私は、それなりに知恵をしぼり学習した。熱は出るし、食欲はないし、眠れないと、心身は悲鳴を上げていた。

　小さい会社の存亡に係わることだから。


そんな時ひとつの段ボールの箱の中から、思いがけないものが出てきた。

古い日記帳。開いてびっくり。

Mくんに会いに名古屋へ行った時のことが、詳しく書き綴られていた。

ホームまで迎えに来てくれて、会うなり「変わらないね。若いな」と言ってくれたこと。

レストランで、マンハッタンというカクテルを飲ませてくれたこと。送って来てくれた
ホームで、「随分痩せたんだね」と言ったこと。

忘れていた！

私の人生で最も甘やかな出来事だった、名古屋のことを書いた日記が、今出てきた。

私は、神さまのご褒美だと思った。悩み苦しんでいる、その時に、この日記が出てきた
のは、ご褒美でなくて何であろう。どれだけ癒されたことだろう！


この日記を読んでいる時は、酷しい現実を忘れられた。繰り返し読んだ。

会社はコンサルティングを受け入れた。

いろいろなことを、厳しく指摘され、改革されて、当然摩擦はあった。しかし大方は、

よい方向付けがなされたと思う。

私も心身を休めることができた。

日記のお蔭だと言ったら、笑止千万と言われるかも知れないが。

でもどう考えても、あの時あの日記が出てきたことは、私にとって救世主になったことは間違いない。

四十数年ぶりくらいに、ひょこっと姿を現したのだもの。私を助けようとしたとしか思えない。

若き日の日記の文字ににじみ出る
　実らざりし恋のほろ苦さ

高松へ

平成30年に東京の自宅が建て替わり、生活もやや落ち着いてきたところで、令和2年、新型コロナウイルスの大流行が起こる。


数年前までは、一人で高松へ行っていた。

私が乗る寝台特急サンライズ瀬戸は、東京駅を22時に発車していた（現在は21時50分）。新宿で夕食をとると、丁度いい時間になる。

新宿まで娘と行く。その時都合のつく方が、あるいは二人とも一緒に行って、居酒屋で食事をする。

これで私は居酒屋を知った。

好きな食べ物を少しずつ色々頼めるのがいい。みなお酒を飲んでいるし、隣との境は、薄い壁だ。ガヤガヤと話す声、大声で笑う声。料理を持って行き来する店員。煩く思うこともあるが、その猥雑さが、やすらぎだったりする。

改札口で娘らと別れ、ホームへ上がる。中央線に乗る。

窓の外の夜の景色を見るともなく見る。暗い。

車内もいろいろ。カップルあり、酔った男たち、一人ひっそり座る女。

リュックを背負いキャリーバッグを膝の間に置く、素っぴんのばあさんの姿が、車内の他の人の目には、どう映っているのだろう。

東京駅に着くと少し時間があるので、地下に下りる。ベンチに座って、九時を過ぎても大勢の人で賑わっている周りをながめている。寂しくはない。

時間が来ると立ち上がり、エレベータに乗って、9番線のホームに立つ。

10番線は横須賀線。どこまで帰るのか、座れる席を探して、せわしなく人々が動き回っている。

サンライズ瀬戸が入線して来ると、ホームにいるかなりの人々が、カメラを向ける。寝台特急がなくなっていくので、みんな珍しいのだ。

ブルートレインと呼ばれ人気があった頃は、いろんなタイプの寝台特急があって、楽しかった。便利だった。どうしてなくなってしまったのか？

今でも寝台券を確保するために、乗車一ヶ月前の10時前に、みどりの窓口に行く。並んで待っても、希望の部屋が取れないこともある。

人気があるのだ。

何度も何度も乗っている私には、興味はない。

乗車券の番号個室に入り、酔い止めなどを飲み、歯を磨き検札を待つ。寝巻きが置かれているのだが、私は着替えない。そのまま寝る。楽に楽にというのが、私の流儀。

車内のライトを消して、東京の夜景を眺める。有楽町、田町を通り過ぎる。検札が来たら、すぐ横になる。

混んでいる時は、横浜を過ぎても来ない時もある。熱海まで来ない時も。すぐ眠りたい私は苛々する。

でも仕方ない。


腕が痛くて重い荷物が持てない。腰が痛い。足が痛い。満身創痍の私には、横になれる寝台特急は本当に有り難い。これがなかったら、高松と東京を行き来するのは、無理だったかも知れない。

朝高松に着くと、駅の二階のカフェで、モーニングを食べて、タクシーでわが家へ。


広い土間の玄関は、会社の原料とかの物置になっている。だから私は、式台と言われているところから入る。

無人の家に入るのは寂しい。

家中の雨戸を開け放つ。仏壇の扉を開け、線香に火をつけて、「ただいま」と声をかける。仏壇の中の人たちに。

母が松山へ行って、実家が無人になった時、家の片付けに、定期的に通っていた。その時も、無人の家の中に向かって、大きな声で、「ただいま」と言っていたものだった。


ある時期私は、四ヶ所を駆けずり回っていた。東京、高松、新居浜、松山と。

一生懸命片付けたけれど、結局どこも片付かなかった。

私の部屋の床が抜けたので、家を建て替えたのだが、その時物の多かったことに、自分でも驚いた。姑の物もたくさんあったし。

その時東京のことを、一番放ってたことがわかった。そのことをすごく後悔している。もっと自分のことに時間を割くべきだったと。

それはともかく、耐震の家に建て替えられたことに、安堵を覚えている。

何しろ、夫の遺産は、高松の、担保に入っている家だけだから。

娘らに、新しい家を造ってあげられたことに、ほっとしている。


元気だった時は、一人で1ヶ月はいた。

トイレットペーパー、洗剤、お米など重いものは次女が来た時、買い置いてくれる。彼女は四国に来た時はレンタカーで動いている。段ボールを出しに行ったり、重い買い物をしたり、銀行に行ったり。

若い時は、自転車でスーパーへ、日々の買い物に出かけていた。

自転車が無理になり、タクシーを利用する。

料理はもともと好きだし、一人分なら、たいした手間ではない。

大きな古い家だから、掃除はいい加減に済ます。


同じ敷地内に、工場が一棟建っているから、社員も来る。郵便受けは共通なので、私宛の郵便物は届けてくれる。

ここは、わが社の本社工場である。

夫がこの家の長屋門で、創業した。最初は三人。辞めた会社から連れて来た部下の人たち。

わが家に寝泊まりしていたから、三度三度の食事を作った。

いっぱいの食材を積んで、よろよろと自転車を漕いで帰って来る。

わが家は坂の上にある。帰りは、登りで自転車で進むのは、ちょっと苦労する。

『家城』、やかしろと読む。わが家の屋号だ。

かつては、村の一番奥にあった。

わが家の後ろは川で、その向こうは松を栽培している畑、その後ろが山だ。

わが家の後ろには家はなかった。

ムメノさん名義で、私の奮闘で、私名義になった土地を、夫が売ったため、その土地に八軒家が建った。そして　川に橋を架けて、山のほうを造成したので、帰郷する度建物が増えている。

もううちの裏手が、真っ暗ではなくなった。


その昔、裏庭は森だった。竹林でもあった。竹がどんどん家のほうへ増殖し、ついに離れを潰した。西側の石垣は、蝮の棲みかだった。


なぜ裏庭が森だったのか?

工場を増築したかったが、他の土地を買うお金がなかったので、わが家に造ることに。お蔵や風呂場や味噌蔵などを壊した。裏庭の樹木を取り去る。そして、工場を建てられるように造成した。

何も植わってない裏庭。冬が来て、わかった。防風林だったのだ。北風が凄い。物干し台が倒れたのだ。

夫が新たに樹を植えた。桜の樹三本。栗。無花果。梅。合歓木。たくさん植えた。

夫が植えた樹木の大半は枯れてしまった。

工業用に、土壌を入れ換えたからではないかと思っている。植物が育つ土とは異なるのではないか。

夫が、山形伝統の『もってのほか』という食用菊や川越のさつまいもを植えていた時期がある。焼き芋器まで買っていた。淡い紫色で、歯ごたえしゃきしゃきのこの菊は、私も大好きで、酢の物にしてよく食べた。ボイルし冷凍しておいて、シーズンオフにも楽しんだ。

そのうちそれらも姿を消した。

桜が一本だけ残っているが、いつ朽ちてしまうかと、毎年はらはらしながら見守っている。

庭の雑草には、悩まされる。東京の小さい庭にも、同じ悩みがあるが。

ある夏帰郷したら、門から玄関まで丈高く茅のような草が一面に繁っていて、ぞっとしたことがある。

今は、社員のHくんが、気をつけてくれるので、有り難い。

また年に一度造園業者にお願いしているので、大きな草は生えない。

私は草引きは好きだが、5分草引きをしたら、右手が動かなくなる。膝も痛くて屈めない。だから草引きはしないよう努めている。

このように過ごしていた生活が、コロナで一変した。コロナが大流行した令和2年は夫の七回忌の年。お世話になった方々、親しい人々大勢の人に声をかけて、賑やかな集まりにしようと計画をたてた。案内状も用意していたが、大勢の人が集まって、食べたり飲んだり喋ったりする法事は無理となり、ごく数人、長女は東京でリモート参加という寂しい法事となった。

新型コロナの影響は夫の会社にも影響を及ぼした。そして私の行動にも。リスクの高い高齢者ということもあり、娘たちも不安がり、私自身も不安で、一人で高松にいることが出来なくなり、娘が行ける時に一緒に行ってもらうしかなくなった。それでも年齢の割にはよく動いていたと思う。

我が生の軌跡辿ればカーブあり
またカーブありて曲がりいる線

アクティブな1週間・松山1

昨年（令和4年）、骨折をする1週間前、松山でとてもアクティブに、しかも一人で、過ごした。

一人で四国で生活をすることを心配していた娘たちだが、12月に夫の会社の株主総会もあるし、松山に行きたい事情もあり、10月に次女に一緒に四国に行ってもらい、そこからは株主総会の準備のため、一人で過ごすことになった。

不安もあり、寂しくもあったが、高松でやらなければならないこともあり、スケジュール的にそれが一番いいと思ったのだ。土日や夜は一人だが、日中は同じ敷地内に夫の会社があるので、社員たちがいる。何かあれば気づいてくれるだろうし、頼ることも出来る。娘たちには「余計なことはしないように」と念を押され、毎日入浴後に電話をかけるようにと言われた。

また次女が見ていた「哲仁王后《チョルインワンフ》」という韓国ドラマを、私が「最初からちゃんと観たい」と言っていたのを覚えていた彼女が、一枚のディスクに入れたものを用意し、高松の家のレコーダーに入れ、見方も教えてくれた。

10月19日夜、次女と瀬戸で東京を発つ。20日朝に着き、その日は夫の会社の綾南工場へ行って社長らと話し、その後必要なものを買い揃える。

翌21日、レンタカーで松山へ。定宿の東急REIホテルが取れなかったので、松山駅近くのサンルートへチェックインし、松山駅前の入浴施設へ。一緒に入浴し夕食をすませる。そこで次女と別れ、私はホテルへ、次女は松山駅へ。彼女は特急いしづちで高松へ行き、サンライズ瀬戸で帰京するのだ。

サンルートホテルは線路沿いにあり、部屋も線路側だったので、いしづちを見送る。次女の姿が見えた気がした。次女からメールが来た。「見えたよ」と。

そうして私は久しぶりに、一人で過ごすことになった。

翌22日、10時半にチェックアウトをし、荷物を預け、スーパーのフジへ。フードコートで親子丼を食べて、暇潰しにメールをしていたら、携帯の電池がゼロになり、焦る。そして不安な気持ちに駆られる。他所の地で、たった一人でいる時に、ゼロになるなんて！

夕食を買ってフジの前でタクシーに乗り、ホテルサンルートへ寄って貰って荷物を受け取り、東急REIへ。東急REIは私のホームグラウンドである。母の介護に通っていた20年以上前から利用している定宿だ。ほっとする。

23日朝。レストランでおなじみのスタッフたちみんなから歓迎を受ける。それに甘え、腕が痛かったこともあり、バイキングの料理を取ってもらう。

そして子規記念館で開かれる、短歌大会に出席。


子規記念短歌大会。数年前松山へ来た時に応募用紙を見つけ、応募していた。前年、

「マンハッタン頼めば話題拡がりてバー露口の豊潤な時間」

と詠んだ短歌が入選した。

東京の私が地元松山のバーを詠んだというので、選者の間で話題になったとか。私にとって思い出深い短歌だ。

バー露口

愛媛県松山市にあるバー「露口」は、サントリーハイボールの生みの親のマスターの貴雄さんと奥さんの朝子さんが、60年以上カウンターの中に立つ名物バー。地元の人は言うまでもなく、多くの有名人に愛されている文化サロンのような存在だ。世界的指揮者の佐渡裕さんと、朝子さんは、メル友だという。B'zが松山でコンサートを開く時は、前のり、終演後の打ち上げは、貸し切りで露口で行われたとも聞いている。

次女から「露口に行ってみない？」と誘われて初めて訪れたのは6年ほど前のことだ。

ハイボールが誕生したのが、私が大学生の頃だった。一杯50円。学生の分際でも、嗜める金額だった。鰻やさんの近くの喫茶店で飲んだ記憶がある。

初めて行った時、マスターと同年代ということもあり意気投合（？）し、その後、松山に行く度に訪れるようにしていた。次女とはもちろん、長女とも、妹とも、一人でも行った。

数年前家を建て替えた時に古い日記が出てきて、名古屋でMくんと会った日のページがあった。忘れていたのだが、その時飲んだのがマンハッタンだった。それから露口で、ハイボールをまず1杯目に飲んだ後、マンハッタンを頼み、飲むようになった。なにしろマンハッタンだから、いろんな話が出るし、マダムの朝子さんには、初恋の人の味と、いつもからかわれる。

私が最後に露口に行ったのは、昨年8月俳句甲子園の時で、長女が一緒だった。お二人は変わりなかった。マスターが少しお疲れ気味に見えた。B'zが松山で公演を行った時、その前夜、3年ぶりに露口を借りきったと聞いた。漸くコロナが緩んで、日常が戻りつつあるのを喜んだ。

その1週間後、東京六大学野球のオールスターゲームが松山であって、長女と次女が松山へ行っていた。もちろん露口へ行った。

「閉まってたのよ」

夜次女から、電話があった。

「どうしたのかしら」

定休日以外も時々お休みにすることはあると聞いていたので、たまたまかもしれないと思い、次の夜にももちろん二人は露口に向かった。だが、やはり閉まっており、休業を知らせる紙が貼られていたという。

二人がドアの前で佇んでいると、ちょうど通りかかった地元の青年が、朝子さんが怪我したらしいと教えてくれたという。

心配したが、病気ではなく怪我なら少ししたら再開するのでは、と思っていた。

が、9月、松山に住む従姉のE子ちゃんから「露口」が閉店したと新聞に出ていたという報せを聞いた。このニュースには私も長女も次女も大変ショックを受けた。

もうマスターのつくるハイボールもマンハッタンも飲めない。朝子さんに会えない。露口はもうない。

10月に短歌大会の時に松山に行って、露口を訪ねるのを楽しみにしていたのに。

前年の短歌大会の時は、E子ちゃんが一緒に来てくれ、お祝いだと、道後のにぎたつ会館でご馳走して下さった。二人きりで2時間あまりじっくり話したのは、はじめてだった。

だが今年はE子ちゃんは膝の手術のため入院中。短歌も入選もしていない。

午前の講演のみで会館を出る。

公園をぶらつく。いろんなお店が出ていて、ちょっとした市。すぐ引き返し、コンビニでお昼と夕食を買って、電車でホテルへ。1日目は無事終了した。

再　会

24日。9時半頃愛媛県立中央病院へ行く。Y先生に診てもらうために。

Y先生と初めて会ったのは、弟の通夜の席だった。

先生は、愛媛大学で西洋医学を学んだ。弟はこの時の師。今でも『恩師』と弟を敬って下さる。その後、東洋医学も修めた方で、愛媛県立中央病院に創られた東洋医学研究所の医師だった。後に病院の組織が変わって、漢方内科の責任者となり、総合内科医でもいらっしゃる。

足の痛みに悩む母も、長年お世話になっていたので、お名前は存じ上げていた。膝を痛めて正座できないでいた私に、「私の診察室にいらっしゃい」とお通夜の時、声をかけて下さった。

母が松山にいた。夫が高松にいた。東京から松山に通うのとは違う。

東京から高松に行く。高松で過ごして少し落ち着いたら松山の母の所へ行く。その時にY先生の治療を受けるようになった。

肩や腕、膝などあちこちの痛みや、体の不調を診てもらう。まさに主治医の先生だった。もちろん弟の話も毎回出る。心の支えの先生だった。

母が亡くなった後も、治療に通った。

松山には、母の実家がある。叔母のお見舞い、お葬式、法事など、何かと用事があった。そして、E子ちゃんM子ちゃんという、幼い頃から仲よくしていた人たちに会う楽しみ。特にE子ちゃんは、母が新居浜に住んでいた時から母の所へよく顔を出してくれていた。

しかし昨年3月にY先生は定年退職し、漢方内科の診察も鍼灸治療も終了となった。もうY先生の診察を受けることはない。20年お世話になっていただけに、喪失感は大きかった。

Y先生は定年退職するにあたり、先生が処方していた漢方薬などを出してくれる医師を東京で見つけるようにおっしゃった。

そこで私はA先生という女医さんにお願いすることにした。

コロナが始まった頃、東京の人間が愛媛の病院を受診することが困難になった時があって、東京でペインクリニックを探し、女医のA先生に出逢った。A先生にこれまでのことをお話ししたら、A先生も漢方医で、Y先生の講演を聴いたことがあるとおっしゃった。

優しい先生で、診察の度に、いろいろ話をする。Y先生と弟とのつながりも話していた。

A先生は快く引き受けて下さった。私の20年間の病歴、処方薬などが記された、Y先生からの書類を渡すと、それをご覧になったA先生が、「恩師のお姉さまと書かれていますよ」と、その箇所を見せて下さった。私のことを理解して、いろいろ研究もしてくださる、A先生に出逢えて、本当に幸運だったと思う。

ただA先生は、投薬だけで、治療はなさらない。

Y先生は退職したものの、月曜日だけ診察していると聞いた。松山に来ている。せっかくだからY先生に診てもらいたいと思い、初診で受付をしたのだ。

私は午前の最後に呼ばれ、先生も看護師さんたちも、待たせてすみませんと言って下さったが、待つ覚悟だった。

午前の最後なので、次の患者さんのことを気にすることもなく、たくさんお話も出来たし、診察も丁寧にしていただけた。そして次の予約もとることができた。

会計も済ませ、2階の食堂へ久しぶりに行く。わかめうどんを食べる。そして1年位前に貰っていた飲みもの券を出して、アイスティをゆっくり飲んで、そこを出たのは、午後2時過ぎだった。

エスカレータを降りながら、左手下方に目をやっていたら、小柄な女性が、奥のコンビニの方から歩いて来るのが、目に入った。

「あれは朝子さんでは?」

目を凝らしても、あの姿は、どうみても、朝子さんだ！　急いで降りて追いかける。

左に曲がって人込みに紛れる前に、追い付いた。

「朝子さん！」

振り返って私を見ると、朝子さんはびっくりしたように言った。

「東京の人が、なんでここにおるん?」

「以前お話ししたように、私も診て貰ってるんです」

ちょっと座りましょうと椅子に座って、話す。

朝子さんの怪我はよくなったが貴雄さんの調子がわるくなったらしい。

いろいろ検査受けて、向こうの部屋にマスターがいると言う。

「お顔見に行っていいですか？」

「嫌がるかも」

「そうですね。わかりました。お手紙書きたいから、住所教えてください」

朝子さんはバッグからペンを取り出しかけたが、「もらったら、泣いてしまうから、やめとく」と。

私も彼女の気持ちがわかる気がして、「わかりました。じゃお大事に」と、別れた。


何か名残惜しかったが、気持ちは昂ぶっていた。

だって、これって凄いことじゃない！　奇跡よ。あの日のあの時間に、あそこにいなかったら、5分ずれてても、会えなかったわけだから。

朝子さんが、あなたどうしてここにいるの？　と言ったように。

夜私は興奮して、娘たちに電話した。不思議なご縁を。


ここで思い出した。入院中だったE子ちゃんが、「露口のご夫婦のことが愛媛新聞に出ていたと友だちが教えてくれた」と言っていたことを。

E子ちゃんが、入選した私の短歌のことをみんなに教えたので、私と露口のことを知っているお友だちが、E子ちゃんに電話をしたようだ。

入院中でなければ、E子ちゃんがその新聞を確保してくれただろう。
私はホテルに予約の電話をした時、3日分くらい愛媛新聞をとっておいてもらうよう、頼んでいた。でもとっておいてくれた新聞には、露口の記事はなかった。

ハイボール語らい文化露口は
　煌めく歴史に幕を下ろせり
ひとときの憩い求めて露口に
　足踏み入れる楽しみ喪せり

アクティブな1週間・松山2

24日、病院で流れていたテレビ番組で、緑色の財布が幸運を呼ぶと言っていた。その後松山市駅にある高島屋に行ったら、素敵な緑の財布があった。テレビで紹介していたものと同じような形だった。

ホテルで地域クーポン券をもらったので、それを使ってその財布を買った。使うのが楽しみだった。

それをしばらく使うことが出来なくなるとは、この時は思っていなかったのだ。

25日。一人きりの宿泊は久しぶり。コロナでさまざまなことが変化した。一人でよく乗りきったものだ。この日、やはり松山在住の従姉妹・M子ちゃんとホテルのレストランで一緒にお昼を食べた。M子ちゃんは生まれ年は1年早いが、私は早生まれなので同学年だ。久しぶりに二人きり。E子ちゃんと二人でよく食事をしていたが、M子ちゃんが博多から松山に戻って来てからは三人、そしてこの頃は娘たちのどちらかが付いて来てくれるので、４人で食べていた。

M子ちゃんは、ホテルから十分ほど歩いたところにあるマンションで一人暮らしをしているが、週に2回は、歩いて道後温泉まで行って温泉に浸かるという。

道後温泉は、名高い観光施設だが、松山市民にとっては、〝我が家のお風呂〟なのだ。

26日。M子ちゃんとフジへ行く。セール中というので。大街道から路面電車に乗って、86歳の婆さん二人。フードコートで小さい丼を食べ、ただウロウロしただけ。夏に次女が見つけて勧めてくれ、気になっていたリュックと夕食を買う。

27日。タクシーで中央図書館へ行く。露口の記事を読みたくて。新聞類は2階だという。奥の方にあるエレベータの所へ連れて行ってくれた。朝日新聞に一番大きく出ていた。古い写真もあった。読売にも記事が。コピーしたいが、やり方がわからない。それも助けてくれる。年寄りであることを大いに利用する。愛媛の偉人伝のような書物があった。父・小野基道と伯母・岡田禎子の名前があった。二人の祖父・小野寅吉と岡田温は出ていなかった。

満足と心残りを感じながら、図書館を出た。

28日。三越へ。まず5階の丸善へ行き、カードを買い、1階に下りてクッキーを求め、カードを入れて貰う。

それを持って県立中央病院へ向かう。朝子さんが、この日がマスターの手術日と確か言っていたので。受付の人は親切で、いろいろ調べてくれたが、そういう入院患者はいないという。もちろん会えるとは思っていなかった。ただクッキーを届けたかっただけなのだが。

29日、チェックアウトをし、いしづちに乗って高松へ戻る。

１週間の、バラエティーに富んだ、活動的な日々は終わった。無事に。

　亡き母の介護に通いし松山は
　　思い出つまりて心哀しも

骨　折

高松で一人で過ごし1週間経った11月7日午前10時10分頃のことだ。

私は家で片付けをしていて、掃除機に躓いて転倒した。しばらく動けず、少しして身を起こし、手をついて立とうとしたが、ふわっとして支えがない。何度やっても同じ。「ああ遂に床が抜けたんだ」と思った。高松の家は築200年の古い家。そして転んだ部屋は床がへこんでる場所もあって、注意はしていた。

だが立てなかったのは、床のせいではなかった。私の腕がぶらんぶらんだったのだ。

戸口まで這って行く。障子戸を開けて「HくんHくん」と、公私で一番世話になっている社員の名を何度も呼んだが、返事はない。頑張って立ち上がり事務所へ行く。みんな揃って何かしていた。

「Hくん、右腕が折れた」と言ったら、皆唖然と私を見た。

しばらくしてHくんが口を開いた。

「折れたのなら、病院へ行かないと」

保険証などを取りに家に戻る。Hくんが付いてきてくれる。パジャマのズボンのままだったので穿き替えようとするが、うまくいかない。Hくんに穿かせてもらった。ズボン下を穿いていたとはいえ、男性にズボンを穿かせてもらうなんて！

高松市内にあり、夫もかかっていたO病院にHくんに連れて行ってもらったが、受付で時間がかかった。いろいろ書かされるのだが、私は書けない。Hくんが代わりに書いてくれるのだが、捗らない。私のことで彼のことではないのだもの。しかも同じようなことを何度も書かせる。痛いのにと地団駄踏んでいると、初老の男性医師が現れて、「痛いよね。かわいそうに。早くおいで」と診察室へ連れて行ってくれた。

一通り説明が済むと、レントゲンをとってくるようにと言われた。腕をいろんな形にされて、その痛いこと!! 私は大きい声で、痛い痛いと叫び続けた。

診察室に戻ると、中年の女医さんに替わっていた。彼女は言った。

「折れた骨は、神経の近くで手術が難しい。症例の多い東京の病院で手術をしたほうが良いでしょう」

今度はCTをとって来るように言われる。

CT室でも腕をさまざまな形に動かされ、やはり大声で痛い痛いと泣き叫んだ。

手術も大変だし、その後のリハビリも大変。数ヶ月かかるだろうから、家族がいる東京がよいと。先生がそうおっしゃって、Hくんもそうすべきだと、強く勧める。

次女にメールしたのに電話が来ない。昼休み頃に電話すると、メールを見ていないと言う。会社ではなく神宮にいると。愕然とした。

六大学野球秋の新人戦が行われていて、その観戦中だと。

私が大変な状態にあるのに、呑気に野球なんか観ていて！　と心騒いだが、状況を話し迎えに来て欲しいと訴える。

彼女の言葉は歯切れが悪い。寂しかったなあ。しかし彼女の側からすれば、大事な野球観戦を擲《なげう》って、高松まで来るなんて、とんでもないことだったろう。

今夜のサンライズ瀬戸が取れたら、それに乗る。取れなければ、明朝の新幹線で行くと言ってくれた時は、本当に安堵した。


先生が紹介状を書くから、知り合いの病院を、と言う。かかりつけの整形形成外科を思い浮かべたが、そこは手術はしない。以前足の骨折で入院したH病院にした。なんと診察券を持ってきていた。

ギプスをあて包帯を巻いて貰っている間も痛くて、「麻酔もしないで、こんな痛いことするのですか」と先生に噛みついたら、「麻酔をしたら、神経を傷めるのです」と言われた。

片付けなどしないで、じっとしてたら、怪我などしなかったのに。自分に腹が立って腹が立って仕方ないと私が何度も嘆いてたら、「お元気で、動いていたから、怪我したのですよ。じっと寝てたら、怪我はしません」と女医先生が慰め、励まして下さった。

紹介状を貰い会計を済ませ、薬局で痛み止めを貰う。帰りコンビニに寄って、昼食を買う。私は一番小さいサンドイッチを頼んだ。

H病院の診察券を持っていたのは、足首を骨折して入院したことがあるからだ。診察券を見て驚いた。足首の骨折は、なんと10年前。その時も大怪我で、転院したリハビリ病院を含めて、四ヶ月入院していた。その後その病院にかかったことはないのに、診察券入れに入っていて持ってきていたことにはびっくりした。

帰宅したら午後2時を過ぎていた。Hくんは仕事に戻った。随分時間を取らせて申し訳なかった。でも考えてみれば、Hくんがいる時でよかった。日曜日で誰もいない時だったら、どうしたろう。

小さいサンドイッチを二つつまむ。痛くて食べるどころではないが、少しでも食べないと、薬が飲めない。

椅子でちょっと微睡んでから、電話をする。あちこち約束していたことをキャンセルせねばならない。

まずお寺さんに電話する。毎年秋にご住職が一軒一軒檀家を回ってくださることになっている。私は高松にずっと住んでいるわけではないので、我が家に来てくださる日は、ご住職に電話して直接決めさせて頂いている。普通は、班の世話役を通すのだが。それでお断りも、直接せねばならない。

奥さまが出られた。私が怪我をして、手術は東京でした方がよいとO病院で言われたので、明日娘が来てくれたら、東京へ帰るので、お約束の日にいないので、どう致しましょうか？　と。

今度戻られた時に伺いますと言って下さったが、それが大変なことはわかっている。お金のこともある。うちからお寺へのお布施。西本願寺さんへの三千円。その上今年は本願寺さんの修理費一万円と三つお包みを用意しなければならない。事務所へ預けておきますので、近くへいらした時、お寄りくださいと、奥さまに申し上げる。痛くて大変な時にと、大層恐縮して下さった。

夕方Hくんが来てくれた時に、三つのお包みにお金を入れて、それぞれの宛名を書いて貰って、預かって貰う。


次は植木屋さん。庭の植木の手入れを頼んでいた。植木屋さんも忙しいので、夏帰った時に、予約を入れていたのだ。秋の私の予定に合わせて。

植木屋さんにも、私の状態を説明して、申し訳ないがキャンセルしてくださいという。すると、

「もう岡田さんには、2日間とっていますので、そのまま伺います」

「お支払いは来年になってしまいます」

「構いません。伺っているように、樹は切りますから、ご心配なく。それよりどうぞお大事になさってください」

と言って下さった。

次にMさんにメール。Mさんはもと会社の経理をやってた女性。結婚退職した後も、高松に戻った時は必ず会って食事をする。古い社員のTさんも一緒に。

夏は、小さな子供たちがコロナにかかったということで彼女のほうからキャンセル。久しぶりに会うのを楽しみにしていたのだが致し方ない。

夕方Hくんが来てくれた。レンジが壊れたので、保温していたご飯を、ラップで小さなおにぎりにして貰う。

外が暗くなり、社員は皆帰宅。いろいろ世話をしてくれたHくんも帰ってしまうと、心細さがつのって来る。

ベッドには寝られないと思っていた。幸いなことに、左側から入るスタイルだったので、右腕を固定したまま、うまくベッドに入って寝ることが出来た。熟睡は出来なかったが、ベッドで横になれたのは、よかった。

朝になった。次女が朝高松に着き、朝食を食べずに真っ直ぐ来てくれた。ほっとする。

私は飛行機が苦手で、いつも寝台列車を利用している。「サンライズ瀬戸」は人気の寝台特急で、切符入手は困難と言われており、私もいつも発売初日に買いに行っている。昨夜は一室だけ空いていて切符を手に入れることが出来たと言う。

普段は乗らないが、出来るだけ早く東京に着くには、飛行機しかない。だが飛行機の切符を入手する方法がわからず苦労した。

会社のHくんとKくんが、コンピューターを駆使して、出来るだけ安く切符を入手する方法を探ってくれた。シニア割が出来るよう登録もしてくれた。購入履歴がないので、結局空港の窓口で購入することに。

10時ごろ社長のIくんが綾南工場から来てくれる。綾南のほうの別の社員も来てくれた。3日前に綾南工場へ行った。Iくんとイオンへ行っておうどん食べたばかり。元気に動いていたから、皆余計驚き、そして案じてくれたのだ。

嬉しかった。そして今まで会社のためにやってきたことは、間違いではなかったのだと思えた。

会社のことなどよくわからず、また86歳の婆さんが考えていることが、的外れでもなかったということだ。

片付けもそこそこに、Hくんに送ってもらって空港へ。

高松空港に着いて、搭乗券を確保するのを見届けて、Hくんは帰って行った。

13時30分発なので、何か食べておこうとうどん店に入る。右腕を固定され全く使えない。うどんとおにぎりを頼む。食欲もないが、空腹で飛行機に乗りたくない。次女がおうどんを食べ、私は、左手でおにぎりを食べる。

年寄りの上、腕を吊っているので、優先して搭乗させてくれた。まん中三人掛けの座席を用意してくれていた。私が左側、次女は右側でまん中を空けてくれたので、私の右腕は守られた。航空会社の人たちは実に親切だった。

1時間余の飛行は、楽ではなかったが、酔うこともなく、羽田空港に着いた。

東京駅までタクシーに乗る。特急『かいじ』の座席が取れたので、東京駅から立川までゆったり座っていけた。立川からタクシーに乗り、漸く我が家に着く。長女が飛んで来て迎えてくれる。

娘二人に囲まれて、自分のベッドで、痛くて不自由ながらも、安心して眠ることが出来た。

コロナ禍の入院、手術

次の日、高松のO病院の紹介状を持って、H病院へ行く。初診の人を担当する先生に診て頂く。

やはり手術が必要ということで、手術前のさまざま検査に回らされ、病室に戻った。O病院からのCTの画像。肘の上の部分が折れて完全にずれてしまっている。そして並んで、10年前の足の画像も映されていた。

手術はすぐには出来ないという。即入院になるかと思い、下着や薬を用意して行ったのだが、入院もなし。

10年前は捻挫だと軽く考えて、かかりつけの整形外科に行ったのだが、すぐにH病院に行くように言われ、タクシーで向かった。H病院に着くと、即入院となった。足だったからということはあるだろうが、今はコロナで、手術も部屋も混んでるとのこと。

手術は21日になるだろうと言われて、茫然とする。骨がずれて拳くらい飛び出しているのに。今日は9日。この痛さ、不自由さのまま、2週間ほど過ごさなければならないなんて！　初診の先生に抗議している時、奥のほうをK先生が通った。3つある診察室の奥は、仕切りがなく、K先生は隣の診察室から出てらしたようだった。

その姿を見ると、私はおもわず「K先生!?」と呼び掛けていた。マスクをしているし、10年前だし、はっきりお顔を覚えていたわけでもないのに。

「はい」と返事して、K先生は部屋へ入っていらした。

「10年前に足の手術をしていただきました」

実際は、K先生は主治医ではあったが手が専門で、執刀して下さったのは、足の専門医の別の先生だった。

映し出されている画像を見て、K先生はおっしゃった。

「足の時もひどい怪我だったが、今度もひどいね。神経のそばだから、厄介だな」

足の怪我で退院した時、「歩けるのは奇跡だから有効に使うように先生に言われたので、有効に使って動いていたら転びました」と言ったら、「それは素晴らしい」とK先生は言った。

今回もK先生が主治医になった。一週間後の16日に来るようにと言われる。

そして16日。手術は21日と決まる。入院は19日、部屋は当日にならないとわからないということなので、トイレのある個室を希望する。

入院までにしておくことを命じられる。歯医者さんへ行くこと。歯のぐらつきや歯茎の傷みなどを調べる。麻酔の管を含んだ時に、菌が入って感染症になったりするおそれがあるからとか。

もう一つはＰＣＲ検査。陽性と出たら、手術は出来ない。

コロナ禍の中でも、家族は高齢の私のため細心の注意を払ってくれたこともあり、誰一人感染せず、濃厚接触者にもならず、また体調不良にもならなかったので、初めてのＰＣＲ検査だった。

先生方も毎日検査するとのこと。陽性になれば言うまでもなく、濃厚接触者になっても、病院に出て来られない。勿論執刀など出来ない。

「その時はごめんね」とK先生に言われていた。その場合は足の手術をして下さった先生に頼んでいると。


19日、入院の日。この日は長女と次女が付き添ってくれた。

受付で手続きをして2階の麻酔科へ。大人数は入れないということで長女は1階で待っていてくれ、次女と二人で麻酔についての説明を受け、書類に署名する。全身麻酔だって！　1ヶ月前にE子ちゃんが、全身麻酔で膝の手術をすると聞いて、怖いと思ったのに。1ヶ月後に自分がすることになるなんて！　次女はそこまでで帰され、担当の看護師さんが迎えに来て、9階の部屋へ。希望が叶って、トイレのある個室だった。

いろいろ説明を受けて落ち着いた頃、K先生が来てくださる。ほっとする。

10年前入院した時は毎日のように娘たちが病室に来てくれたが、家族も病室に入ることができない。コロナ禍以降のこの3年、ニュースで見聞きして、大変だなと思っていたことが、わが身に起きている。


21日、手術日がきた。

私の順番は9時半と聞かされていた。9時前に迎えが来る。手術室は2階で、そこで次女が待っていた。一瞬目で合図。

手術室に入る。テレビドラマで手術というと映る大きな照明灯が頭上に。ドラマと同じと思った。「ちょっと失礼しますね」とそこにいた先生が言って、私の口の中を見る。

「これは問題ないね」とすぐ閉じられる。

刺されていた点滴チューブに麻酔薬が入ってますからねと言われた気がするが、すぐ意識を失った。


「岡田さん！　わかりますか？　お部屋ですよ」と看護師さんの声がして、ちょっと目を開けたが、よくわからなかった。ストレッチャーで運ばれている途中、「娘さんですよ」と言われて目を開けたら、次女が見えた。

「何時？」と聞いたら、「3時」と彼女が答えたのは、覚えている。5時間もの間、そこに座って待っていてくれたのだ。「大体それくらいと聞いていたから、パソコンを持ち込んでいたから、大丈夫だったよ」と後で言ってくれたが、5時間は長かったと思う。

運転が出来、比較的時間も自由になる次女がいつも付き添ってくれたが、長女も職場や家で心配していたはず。

コロナ禍だから、あとは一人。

痛くても気分が悪くても寂しくても、一人で耐えるしかない。K先生は度々来て下さったし、看護師さんたち、配膳の係の人たち、みな親切で優しかった。スプーンとフォークを貰い、左手でなんとか食事が出来た。

K先生が回診の時、

「ちゃんと食べてますか」

と聞いて下さる。

「あまり食べられません」

「いつもご馳走ばかり食べてるんでしょう？」

「私は、ご飯と糠漬けがあればいいんです」

私が守ってきた糠床を、今は、娘たちが守ってくれている。10年前足の手術をした時は、病室への出入りは自由で、毎日糠漬けを届けてくれた。今回洗濯物など届けものは、一階のそういう窓口があって、家の者が持って来たものを看護師さんがとって来てくれる仕組み。先生と看護師さんたちがいるところで懇願して、家の糠漬けを食べることが許された。

入院生活が快適であるはずはない。でも辛くはなかった。辛くはなかったが、私は絶望していた。

右腕はしっかり固定され、一人では何もできない。ご飯も食べられない。文字も書けない。

しかも私は86歳。私の人生は終わったと思った。

転倒し右腕折りてぶらぶらに
　八十六歳絶望の日々

腕折りて箸も使えず字も書けず
　我が人生の歩み止まりぬ

リハビリに励む日々

今は病室も常に空けておかなければならない、ということで、長くは入院できない。足の時と違って歩けるし。手術後1週間ほどで退院した。

怪我をして、私は男物の5Lサイズのシャツを何枚も買って、そればかり着ていた。ギプスをしているので、今持っている服だと袖が通らない。寒くなってきた季節なのでちゃんと服は着たい。ギプスの分大きくなった右腕が入る服はそのくらいのサイズのものでなければならなかったのだ。それでも右腕は入りにくかったのだけど。

右腕が固定され、痛みもあって、本当に何も出来ない。お風呂にも入れない。顔もろくに洗えない。もちろん化粧などずっとしなかった。

退院後、娘たちが、私の食べ易い料理を作ってくれ、スプーンとフォークを左手でぎこちなく使って食事をする。後はほとんど居間に座っている。

そこで「哲仁王后」を観た。繰り返し。

次女が用意してくれたディスクが、この時役立った。

韓流ドラマを観るのは初めて。日本のドラマもほとんど観ない。ＮＨＫの朝ドラと大河ドラマくらい。読みたい本がたくさんあるので、ドラマに割く時間がない。私は活字人間で、映像を観るのが、下手ということもある。

「哲仁王后」は、次女が観ているのをちらちらと観て、興味を持ったのだ。

高松で「これを観ていなさい。動きまわっては駄目よ」とだめ押しをして、彼女は帰京したのだった。言うことを聞いて、おとなしくドラマを観ていたら、怪我などしなかったかもしれない。


約１ヶ月でギプスが取れた。三角巾は不用意に人にぶつかられないため、外ではしばらくしていた。

右腕を伸ばし、リハビリをする。Ｋ先生やリハビリの先生に言われた作業をする。単調だし、痛い。


リハビリに励んでいると、怪我の部分より肩のほうが、激しく痛んだ。

高松の家を守っていた夫の伯母、姑、私の父と母の介護があった。

私一人で介護を担っていたわけではないが、東京と四国の往き来は、結構大変だった。

最後に母を看取って、漸く自分の時間が持てると思ったら、夫が病んだ。

その間に私の肩は、どんどんひどくなった。足を折った10年前にも指摘され、その時手術すべきだったが、病床の夫がいて出来なかった。


今回腕の手術をして、肩が相当傷んでいることがわかった。

K先生が、肩の専門医をご紹介下さった。

「手術をして人工骨にすれば、痛みはなくなるでしょう。だが、そのお歳では、ご自身の骨が脆くなっているので、手術は厳しいでしょうし、合併症の怖れもあります」

そう言われた。

結局、今の痛みを我慢するしかない。


怪我の痛みだけではなく、肩の痛みにも耐えながら、リハビリに励む。

「哲仁王后」を観ながら、腕を動かす。

このドラマは、現代の男性シェフの魂が200年前の王妃の体に入り込むというストーリー。コメディであり、ラブストーリーであり時代劇でもあり、何度見ても飽きない。

陰謀があり、裏切りもあり、波瀾万丈のドラマだが、私が惹かれたのは主人公の二人が真実を見つけ、それを貫いたことだ。主演二人の顔を好きだったことも大きい。

終わったら、また最初から観る。主役を害する登場人物の動きに、批判ばかりしながら。

単調な作業も、気が紛れる。せっせと励む。

診察日に、先生がたに褒められた。回復が早いと。


繰り返し吹替版を観た後、原語の完全版を観た。

夫の仕事の関係で、韓国に親しい友人がいるが、ハングルは全くわからない。

それでも、吹替版を何度も観たので、捉えられる言葉もあって楽しい。吹替版もよく出来ていたが、完全版の方が面白いことは、言うまでもない。


ドラマを観ながら、ひたすらリハビリに励む。

それ以外のことはできないし、する気にもなれなかった。

あんなに好きだった読書なのに、全く本を手に取らなくなった。以前は1分でも時間があれば本を開いていて、娘たちに「そんなに細切れに読んで中身がわかるの？」と驚かれるくらいだったのに。

腕を折っただけではなく頭も打ったのではと、次女が心配したほどだ。

再び池波さん

令和5年は、池波正太郎生誕100年にあたるという。あちらこちらで、記念の催しが企画されている。ご縁の深い人々の講演会とか、写真展など。

日比谷図書文化館では、1月25日池波さんの誕生日に、「池波正太郎の思い出」という菊池夏樹氏の講演会があった。

それを知ると、娘たちは、すぐ参加の申込みをしてくれた。夜の会なので、銀座の手頃なホテルに予約する。当日は、次女の運転で、長女も一緒に3人で出掛けた。

1月25日、銀座に着いて、チェックインすると、日比谷公園へ。

夕食は、松本楼で名物のカレーを食べる。

松本楼を出て、暗闇に沈む公園内を歩いて、灯りに浮かび上がる図書館へ向かう。

講師の菊池夏樹氏は、文藝春秋社を興し、芥川賞直木賞の創設に携わった、菊池寛の孫にあたる人。担当編集者だったので、池波さんのエッセイに何度も登場していた。後に、文藝春秋社の社長を務めた人。

菊池寛は高松市出身なので高松に菊池寛記念館がある。夏樹氏はその名誉館長を務めている。

高松市に香川菊池寛賞、菊池寛ジュニア賞というのがあって、その授賞式に、高松に来られるので、高松に半分住んでいる私にとって、親近感がある。

壇上の菊池夏樹氏は、エッセイを読んで感じていた青年とは、まるで違う人だった。当然のことだが。

もう少し、池波さんとの個人的な関わりの話を聴きたかった。


この日久しぶりに化粧をした。と言っても、左手しか使えないから、軽くだが。

5Lの男物の衣類を脱いで、外出着に着替える。ふわりとしたマントのような、薄手のコートを、去年SALEで買っておいたのが、すごく役立った。

そして新しい財布を初めて使う。

昨年松山で買った、あの緑色の財布だ。幸運を呼ぶ財布だと言ったのに、大怪我をした。新しい年から使おうと思って、しまっていたからだろうか？　これからは、肌身離さず持つことにするから、どうぞ私を守ってくれますように！

てんぷら近藤

3月、高松で誕生日を迎えた。

2月末から次女と四国に行き、長女と交替して3月半ば、長女と東京に戻る。

リハビリの結果、そして娘たちの献身的な協力もあり、出来なくなっていたことが、だいぶ出来るようになった。箸も、完璧ではないが、使えるようになった。文字も書けるようになった。お風呂も、しばらく介助をしてもらっていたが、一人で入り、浴槽から出る時だけ手助けしてもらうくらいになった。

K先生もリハビリの先生も褒めて下さる回復ぶりだった。高松の夫の会社の社員たちは、もう高松には来られないいんじゃないかと思ったようで、その回復ぶりにびっくりされた。

「やらなければならない」からリハビリをし、四国にも行ったのだ。

けれど本を読んだり、物を書いたり、ということは出来ないでいた。

空いた時間は「哲仁王后」を見る毎日。

そして4月、久しぶりに「てんぷら近藤」に行った。その日は近藤さんはお休みの日で、息子さんがメインカウンターで揚げておられた。

「近藤」に行くのは年数回の贅沢。おいしいてんぷらを戴き、そして近藤さんと少しでもお話ができればなお嬉しい。特に空豆はお気に入り。空豆の食べられる時期に行きたかった。

箸はまだうまく使えなかったので、フォークを出して戴いた。

近藤さんとはお会いできなかったが、5月5日に1月と同じ日比谷図書文化館で、「てんぷらの達人・近藤文夫が語る池波正太郎」というイベントがあることを知った。早速娘たちが申し込んでくれ、3人で行くことになった。

今年は池波さん没後33年。命日は5月3日。その日に近い5月5日に、池波さんと大変ご縁の深い近藤さんに、池波さんのことを語って貰おうという会だった。

近藤さんは、銀座「てんぷら近藤」のご主人。日々お店に出て、多忙な人。この企画を実現することができたのは、「てんぷら近藤」が、ゴールデンウィーク中お休みだったからだ。

会場に入ると、壇上正面のスクリーンに、てんぷらを揚げる鍋がクローズアップされている。説明する近藤さんの声が聞こえる。

ときどきお邪魔する私には、見馴れた光景だ。

時間になって、日比谷図書文化館の菊池さん（1月の菊池夏樹さんの講演会の時も、この菊池さんが司会だった）に紹介されて、近藤さんが登壇。

正面のスクリーンを挟んで、向かって右側に近藤さん、左側に菊池さんが、机を前にして座る。

まず近藤さんの経歴が語られる。

料理学校を卒業して、「山の上ホテル」と「高野」を受験し、両方に合格したが、近藤さんは山の上ホテルを選んだ。高野へ行っていたら、池波さんとのつながりは生まれなかっただろう。

ホテルに入社後、社長が「きみは和食向きだから」と、和食部門に配置されたことにも、運命を感じる。

池波さんのリクエストで誕生した朝食メニュー、十三の小鉢。

池波さんに届けていたお節料理。入院中の池波さんに届けられた、海老と空豆の天丼。スクリーンに映しだされた、それらの料理の美味しそうなこと！　どれも豪華で美しい。この日のためにわざわざつくったのだそうだ。

特に海老と空豆がきれいに並べられた天丼には、よだれが出そうだった。

「てんぷら近藤」のコースの最初に出てくる海老の美味しさはいうまでもなく、空豆は、

郵 便 は が き

料金受取人払郵便

新宿局承認

2523

差出有効期間
2025年3月
31日まで
(切手不要)

1 6 0-8 7 9 1

1 4 1

東京都新宿区新宿1－10－1

(株)文芸社

愛読者カード係 行

お名前《ふりがな》			明治 大正 昭和 平成 年生 歳	
ご住所《ふりがな》	□□□-□□□□			性別 男・女
お電話 番 号	(書籍ご注文の際に必要です)	ご職業		
E-mail				
ご購読雑誌(複数可)		ご購読新聞 新聞		

最近読んでおもしろかった本や今後、とりあげてほしいテーマをお教えください。

ご自分の研究成果や経験、お考え等を出版してみたいというお気持ちはありますか。

ある　ない　内容・テーマ(　　　)

現在完成した作品をお持ちですか。

ある　ない　ジャンル・原稿量(　　　)

書　名				
お買上書　店	都道府県	市区郡	書店名	書店
			ご購入日	年　月　日

本書をどこでお知りになりましたか?
1.書店店頭　2.知人にすすめられて　3.インターネット(サイト名　　　)
4.DMハガキ　5.広告、記事を見て(新聞、雑誌名　　　)

上の質問に関連して、ご購入の決め手となったのは?
1.タイトル　2.著者　3.内容　4.カバーデザイン　5.帯
その他ご自由にお書きください。
(　　　)

本書についてのご意見、ご感想をお聞かせください。
①内容について

②カバー、タイトル、帯について

弊社Webサイトからもご意見、ご感想をお寄せいただけます。

ご協力ありがとうございました。
※お寄せいただいたご意見、ご感想は新聞広告等で匿名にて使わせていただくことがあります。
※お客様の個人情報は、小社からの連絡のみに使用します。社外に提供することは一切ありません。

その季節には必ず追加注文する大好物。

会が終わった後、食べたいね！　と娘と言い合った。

独立して、銀座にお店を出すまでのさまざまなご苦労話は、以前伺ったことがあるが、改めて感慨深いものがあった。

池波さんがお好きだったから、銀座に出店したこと。

お店の入口にかかっている暖簾の、「てんぷら近藤」という文字は、池波さんによるもの。

お店を出した時は、池波さんは他界されたあと。戴いたお手紙などから抽出した文字だそうだ。

お節料理は、池波さんが他界されたあとも、奥さまにずっと届けられていた。奥さまとの繋がりも濃い。

最後に池波さんの奥さま豊子夫人と近藤さんの写真がスクリーンいっぱいに映しだされる。そして菊池さんが、豊子夫人について熱く語られた。池波さん没後、夫人が池波さんの作品を大事に守っておられた。

長野県上田市に開館した、池波正太郎真田太平記館。

台東区立中央図書館の中にある池波正太郎記念文庫。

富山県南砺市井波にある池波正太郎ふれあい館。

これらの創立に力を尽くされたと、菊池さんが話された時、いろんな場面が私の頭の中にどっと押し寄せ、胸が熱くなった。

「三つ全ての記念館に行ってるわ！　何度も」

広がる世界

池波さんを知ってそれまでしたことがなかったことをした。

湯布院の「玉の湯」に泊まった。人生最大の贅沢だった。夫に頼んでお金をもらった。

社長の溝口薫平さんに会えなかったのは残念だったが、アンケートに細かく書いて来たら、丁寧なお葉書を頂いた。それに返事しなかったのが、悔やまれる。

上田は何度も行った。善光寺、松代、川中島、井波、浅草、銀座、ご自宅まで見に行った。武蔵小山商店街を歩いた。

山の上ホテルにも泊まった。山の上ホテルの『ステーキガーデン（現在は鉄板焼きガーデン）』にもよく行き、ある時期大事にしてもらった。

池波さんを知り熱中し、池波さんの何もかもを吸収しようとしていた頃、山の上ホテルの「ステーキガーデン」で、何か記念の催しが行われているのを知った。

恐る恐る電話した。予約しようと思って。

電話に出たのが、Kさん。優しく応対してくれた。それから行く度（たまにしか行けなかったのだけれど）とても親切にして下さった。

Kさんだけではなく、皆さんが心のこもった応対をして下さった。たまにしか行かない一介の主婦の私に。

池波さんを知らなかったら、山の上ホテルの「ステーキガーデン」へステーキを食べに行くことはなかっただろう。

親友のTさんは、Ａｆｔｅｒ池波の私が舞い上がって浮かれても、嗤わず付き合ってくれた。

池波さんが通った小学校、公園、神社、図書館等々。

彼女は上野の辺りで生まれ育っている根っからの東京人なので、よく知っている上に詳しく調べて地図まで持って来て案内してくれた。

「てんぷら近藤」へ初めて行った時も付き合ってくれた。食べ歩きなどしたことのない私はドキドキそわそわだった。この時初めて私は彼女にご馳走することができた。

上田・真田太平記館

記念館の中で最初に出来た真田太平記館。

長女が全てを手配して、連れて行ってくれた。

この時泊まったのは別所温泉。上野駅から長野新幹線で上田駅まで行き、そこから上田電鉄に乗る。のどかな田園風景の中を電車はゆったり走って行く。

窓外に目を凝らすと、遥か向こうを、真田幸村が馬を走らせているのが、見える気がした。

終点の別所温泉駅に着く。宿に荷物を置くと、また上田電鉄に乗って、上田駅へ。タクシーに乗って、「真田太平記館へ」という。5分も走った頃、右手に幟がはためいているのが見えた。思わず「幟なんかたっている。あれは何？」と叫んで、長女に笑われた。

「太平記館に着いたのよ」

風雅な日本家屋。入口を入って左手に受付。右手の階段を上がって2階へ。足が悪くなってからは、エレベータを使った。

広々とした部屋は、まさに池波ワールド。

生原稿に着物やステッキなどの愛用品が壁に沿って陳列されている。

書籍は言うにおよばず地図や年表も展示されて、まさしく真田太平記の世界だ。

私は『真田太平記』の文庫本全巻を二組持っていて、東京と高松それぞれの家に置いている。

弟の病床にも持って行った。最初の三巻を私が持って行って、後は彼が自分で買った。

彼の死後、それを私が貰い受けた。形見として。彼の長女は、読みたくなったら、伯母ちゃんのところへ行くわと言って、渡してくれた。

「友の会」が出来るようだと、長女がネットで見付けた。

すぐ申込みの手続きをしたら、まだ正式に発足してないと言われた。だから私は会員一号だ。

最近は上田まで行くことが出来ずにいるが、今も会員だ。

池波正太郎真田太平記館友の会・会員証「御意簡牘」を大事に持っている。

真田太平記館のたくさんの行事に参加した。

初めて一人旅をしたのが、上田だ。一人で初めてホテルに泊まったのは、上田の東急インホテルだ。

娘たちは驚いた。喜んだ。

非日常の味わい方を知ったのは、池波さんを知ってからだ。もっと早くに知っていたら良かったのにと思う。

池波さんの匂いを辿って、由布院の玉の湯、京都の松鮨を訪ねた。人生最大の贅沢だった。

真田太平記館の一階にある喫茶で、女性事務員の人と、池波さんのことを熱く語りあったこともある。


ある時、高松から上田に向かったこともあった。

真田太平記館で、筒井ガンコ堂氏の講演だったか、聴きたいイベントがあったのだ。

「行きたいなあ」と呟くと、「行けばいいじゃない」と、長女が行程を組み立ててくれた。

高松からマリンライナーで岡山へ。岡山から新幹線で名古屋に。名古屋で一泊した。その夜は大学時代の女友達と久し振りに会って夕食を共にした。


翌日、中央本線信濃号で長野を目指す。

全く初めての土地、初めて乗る列車。興味津々で、窓の外を眺めていたら、思いがけない車内放送が流れてきた。

浦島太郎伝説の岩が見えると言う。

びっくりした。海から遠いこんな木曽の山中に、浦島太郎がいたの!?

香川県三豊市詫間町に、ずっと浦島太郎伝説があって、ちょっと前まで、ちょんまげを結って釣竿をもった、浦島太郎がいた。詫間は半島だし、浦島太郎が住んでいたとしてもおかしくない。浦島太郎は詑間にいたと信じていた。

それなのに、木曽川に伝説があるなんて。太郎が休んだ（寝覚めの床）があるなんて。

後で調べたら、浦島太郎伝説は、全国40件あまりあるそうだ。

長野から新幹線で一駅乗って上田へ。記念館でのイベントを楽しみ、その夜は上田泊。

そして次の日は逆のコースで、高松へ帰った。

それを聞いた、館長のTさんに呆れられたものだ。


以前にも、朝サンライズ瀬戸で東京駅に着いて、そのまま上田に直行した時もあった。

その時は、真田太平記に出てくる史跡を巡るバスの旅だった。


別所温泉へ行くと、「幸村の湯」と池波さんが書かれた石碑がある。ここに入ると、幸村とお江が、ひっそりと岩陰に身を潜めているのが、見える気がする。

この時は膝を痛めて杖をついていたので、Tさんに呆れられたり感心されたりしたものだ。

上田には思い出が尽きない。


帰りの〝信濃〟の車中で、また思いがけない出会いがあった。

松本から乗って来て、私の横に座った中年の女性。数人一緒で何かの集まりの帰りに見えた。

窪田空穂記念館で、記念の集まりがあったのだと言う。窪田空穂は、松本市の出身で、生家の前に記念館があるそうだ。

空穂は、母の短歌の師匠で、母は空穂の弟子であることを誇りに思っていたのだ。


強行軍の上田行きであったが、意外な出会いがあった思い出深い旅となった。


友の会・会員一号だから、しかも東京の人間だから、珍しがられ、親切にしてもらった。

以前は駅から坂を歩いて、太平記館まで行っていたが、今は厳しい。

上田駅前もすごく変わった。駅を出てすぐ右手に、イトーヨーカドーがあった。列車に乗るまでの時間つぶしができた。ちょっとした食事もできた。すごく便利だった。

今はホテルの側に新しい商業施設ができている。


何かの集まりのあと、タクシーを呼んでもらって、BOOK・OFFへ行こうとしたことがある。

「BOOK・OFFなら、東京にあるでしょうに」

と館長のTさんに呆れられたことがある。

BOOK・OFFへ行って、百円コーナーで読みたい本を探したものだった。行った土地で、ＢＯＯＫ・ＯＦＦへ行くのが決めごとだった時期があるのだ。

真田太平記館には、思い出が尽きない。

真田氏の歴史息づく上田の街
　六文銭のあちらこちらに

台東区池波正太郎記念文庫

池波記念文庫は、台東区の生涯学習センターの建物の中に、中央図書館と併設されている。

記念文庫開館の日に、親友であり恩人のTさんと行った。

真田太平記館の何かの行事の時、図書館の館長が見えていて、日にちを教えて貰っていた。だが時間までは聞いていなかったので、着いたのは、式が終わった直後だった。豊子夫人が参列されていたと聞いて、もうちょっと早かったら、夫人にお会いできたかもと残念に思ったのを覚えている。

館の中は蘭の花で溢れていた。各出版社からのものの中に、逢坂剛さんからのものもあった。

私は行けなかったが１００周年の企画のひとつとして、1月25日の池波さんの誕生日の3日後の28日に、逢坂さんの講演会が持たれていた。

逢坂さん自身も著名な作家で、「鬼平」についての小説を書いている。お父上が挿絵画家の中一弥さんで、池波さんの多くの小説に、素晴らしい挿絵を描いている。

中さんは長命な方だったので、お手紙を差し上げたことがある。松戸まで、挿絵展を観に行ったことがあって、そのことを中心にあれこれ書いたと思う。

丁寧なお返事を頂いた。真田太平記館で挿絵展を開く予定なので、できたら、その時お会いしましょうと言って頂いたが、実現していない。何故かは覚えていない。

池波さんと中さんのご縁は深いから、逢坂さんが結婚する時、池波さんに媒酌人をお願いしたという。だから池波さんがご健在の時は、毎年お正月には、家族揃ってご挨拶に伺っていたという。

私は以前、阿刀田高先生の小説講座に通っていたことがあって、先生の出版記念パーティーに出席した。その時逢坂さんも出席していらして、お話しする機会があった。私が中さんのことをいろいろ話すと、「よくご存じですね」と驚かれた。池波さんのことをなんでもかんでも知りたがり集めていた時期のことだった。

台東区図書館に行くには、西武線を高田馬場で降り、山手線で鶯谷まで行く。高架橋を渡って、バスに乗る。最近は、駅からタクシーを利用する。

館内には、書斎が復元されている。

こういう場所空気の中で、数々の傑作を創りだしてこられたのか！

エッセイを読んで、頭に描いてた書斎を、実際に見ることが出来て、幸せだった。

人気シリーズコーナー、エッセイコーナーなどの常設展示の魅力はいうまでもなく、次々替わる展示は楽しい。

池波作品以外の貴重な時代小説約一万冊が揃っている時代小説コーナーも素晴らしい。豊子夫人が、本を寄贈したり、寄付をされたり、とても力を尽くされたと聞いている。

隣の図書館で、さまざまな作家の本を眺めるのも楽しく、カードを作って、珍しい小説を借りて帰ったりしたものだった。

『完本池波正太郎大成』全31冊が出版された。

全部欲しい。いうまでもなく。

しかし全部買うことはできない。重厚な立派な本。お金の問題。置場所の問題。

順次発刊されたのだが、戯曲集とか内容に惹かれたものを10冊ほど買った。それぞれに付いている月報がとても面白かった。

買ってないものを借り、月報のみを館内で読んだりした。

月報は、池波さんに深い関わりがあった、さまざまな人が、池波さんとのエピソードを綴っているので、本当に興味が尽きなかった。

真田太平記館の集まりに、完本の編纂責任者のK島さんという人が来てらしたので、月報だけを集めて出版して下さいとお願いしたことがあった。

入谷の朝顔まつりに、Tさんが連れて行ってくれたこともある。

浅草の三社祭を見ることが出来たのも、記念文庫に通ったおかげだ。

合羽橋を通って浅草まで歩き、梅園でお汁粉を食べた。そして近辺のお寺や神社に連れて行って貰った。

鬼平に出てくるお寺がTさんの実家の菩提寺だったのは、驚きだった。

台東区中央図書館のある学習センターの中に、中華料理のファミリーレストラン（バーミヤン）があった。

そこで女子高生が、愛玉子（オーギョーチ）を注文するのを聞いた。池波さんのエッセイで、その名を見ていたが、初めて実物を見た。

池波さんを追いかけたおかげで私はいろいろなものを見ることが出来、知ることが出来た。

井波・ふれあい館

池波さんの足跡を追っていた時、父祖の地だという井波を訪ねた。次女が全ての旅程を組んで連れて行ってくれた。

金沢まで寝台車で行き、特急で高岡へ。高岡からバスに延々と揺られて井波に着いた。四国で生まれ育ち、大学からはずっと東京に住んでいる私には、富山はとても遠い。池波さんを知らなかったら、井波という地があることさえ知らなかった。

宿は池波さんの定宿だった東山荘。池波さんが使ったという部屋に泊まらせていただいた。

若く美しい女将さんと、色紙などみせて貰いながら、池波さんの話をした。

次の朝チェックアウトした私たちを、女将さんは町外れの小さな図書館に連れて行ってくれた。池波さんの寄贈で出来たという。

そこにいた市役所の人が、次に連れて行ってくれたのは、公園だった。そこの水道が池波さんの寄付で出来たと説明されたと記憶している。

そしてその案内してくれた方が、その場で岩倉夫人に電話をかけた。池波さんのエッセイによく登場していた、公民館長の岩倉氏の奥さまにだ。岩倉氏は亡くなっていたので、夫人にかけた。結局お留守だったようでお話しすることはなかったが。私は東山荘に泊まって、池波さんの話をしただけ。皆さんのご親切に、感謝しかないし、少し驚いてもいる。

井波の皆さんの、池波さんに対する愛を感じた。

2回目に井波に行った時、ふれあい館の誕生をみた。産声をあげたばかりのように見えた。

3回目に行ったのは、富山に用事がある娘たちに同行した4年前の夏。

ふれあい館は、こぢんまりときれいに整えられていた。地元の人と池波さんとの結びつきがわかる品々が陳列されていて、興味深かった。

よみがえる細胞

日比谷図書文化館の菊池さんは、佐藤隆介さんの名前も出された。10年間池波さんの書生をしていて勘当されたらしい、と苦笑していたように感じた。

佐藤さんは書生として、10年間池波さんの身近にいた人だ。度々のフランス旅行に同行して、通訳をしたし、お金を全部預かって秘書の役目も勤めた。

何処へ行く、何を食べるとかは、もちろん池波さんが決めなさるが、佐藤さんのおかげで、随分らくな旅を楽しまれたと思う。

その佐藤さんと文通していた時期があった。

おかしな話、不思議な話なのだが、読書好きの私が、池波さんを知ったのは没後10年だったので、池波さんのことを知りたくて知りたくてもがいていた時、ほんの少しでも関わりがありそうなものを見付けると、それに飛びついていた。

「鬼平流〇〇」という題名で、帯に池波正太郎の書生を10年という文言に惹かれてその本を買い、出版社経由で、佐藤さんに手紙を出したのが、始まりだった。

まめにお便りを下さったし、絶版になっている貴重な本を頂いたりして、私の知りたい欲を満たして下さったのを懐かしく思い出す。

日比谷図書文化館の菊池さんの話で、思い起こされた思い出の数々。こうやってみてみると、私も随分いろんな所へ行っている。


夫の事業があやふやで、お金がなかった。

親の介護にしょっちゅう四国に行っていて、時間がなかった。

バセドー病などの病の他に、足腰も痛めていて、体力もなかった。ないないづくしの私だったのに。娘たちが助力し引っ張ってくれたから、出来たことだ。

そして私の情熱。

こんなにアクティブに行動したのは、大学時代以来だ。


大学時代私は、週末は神宮球場に通い、スコアブックを手に、東京六大学野球を観戦していた。女性初の野球記者を夢見ていたこともあった。

しかし飛田穂洲先生には、野球記者になるより、よき母になれと諭された。

大学卒業と同時に帰郷し、2年後結婚をして、再び東京で生活することになった。


よき母になったかどうか。

娘二人は、せっせと神宮球場に通っている。

次女は、姉の協力を得ながら、東京六大学野球のミニコミ紙を30年発行し続けている。

飛田先生に言われた通り結婚したが、野球記者になりたかった細胞が、娘に受け継がれてしまったのだろうか。

嗚呼！


怪我をして以来死んでいた細胞が、息づき始めた。

池波さんの全てを吸収しようと、貪欲に走り回っていた熱い日々を、懐かしく思い出した。

再び本を手に取り、ページをめくった。

そして骨折して闇に落ちてからのことも「書こう」という意欲が生まれてきた。

死滅せし我が細胞の生き返る
　池波正太郎記念展を観て

もう少し頑張ろう

ドラマ「哲仁王后」に、「いつも私をみつけてくれるのは、お従兄《にい》さまね」という主人公・王妃（ソヨン）の台詞がある。

彼女が自分を見失って、途方にくれている時、手を差しのべてくれる従兄に言う言葉。

池波さんは、人生において非常に落ち込んでいる時、私の前に現れ、救い出してくれる。

「いつも私を救ってくれるのは、池波さんね」

先日、補聴器を作った。その時、お若いですね。七十代にしか見えませんと言われ、ちょっと気分がよかった。型を取る時、髪に触って、「これもご自分のものですよね」と。もちろん自分のものだ。ついでに自慢すると、歯も全部自分のものだ。白内障の手術もしていない。

さて補聴器。

日常の会話には、ほとんど支障はないが、会議などの場合、遠くの席にいる人の話が聴きづらい。ずっと課題だったが、何かを身につけるのが、嫌い。

アクセサリーを全く身につけない。腕時計をするのも、鬱陶しい。

それなのに、耳の中に入れるなんて！

夏に、夫の会社の会長と社長を伴って、株を持って下さり、支援して下さっている会社の皆様にご挨拶に伺うため、高知に行くことになっていた。その折、会話のかけらも聞き漏らしてはならない。

それで決心した。夫の遺した会社のために。

受注が落ち込み、前期に比べて業績がよくないという。よいと聞くと、嬉しいし、心が安らかでいられる。そうでない時は、どうしても気持ちも落ち込んでしまう。

普段、業務に関することで私に出来ることは、ほぼない。社員たちの話を聞いたり、暑い夏に、社員のみんなに、ガリガリくんを差し入れるくらいである。

しかしオーナーとして、この夏の高知訪問は大事なミッションである。なんとか会社がいい方向にいくよう、出来るだけのことはしなければならない。

87歳、まだ必要とされているようだ。

もう少し頑張ろうと思う。

　　風吹きて鎮まらぬ心もてあまし

　　　池波正太郎を読むくり返し

大切な人たち

東京と高松を行き来する中、大阪で途中下車して会う大切な人々がいる。高齢の従姉、親友のY子、そして亡弟の長女。

大阪に住む姪は、父の死で悲嘆にくれている彼女を支えてくれた大学院の同級生と結婚した。結婚式の日の弾けるような彼女の笑顔を忘れることは出来ない。その彼女も中学生のゆうくんと小学生のはるちゃんの母となっている。

亡弟は彼女の夫を知らない。もちろん孫も。代わりにはなれないが、そんな気持ちで見守っている。

ある時、次女から、「びわ湖ホールのオペラを観に行くのだけど、大津に行かない?」と誘われた。

弟の看病に行った街だから遠ざけていたのだけど、行ってみようと思った。

長女がプリンスホテルの会員で、早期の予約でリーズナブルな部屋を確保できる。

そのホテルに姪の一家を招いて、レストランのバイキングで食事をし、半日を一緒に過ごす。大津に行く目的の一つになっている。ゆうくんとはるちゃんの成長ぶりを見るのは何よりの楽しみだ。


滋賀には、夫の甥夫婦が住んでいる。

大津に行くことを決めた時、すぐ甥に連絡した。一緒に食事でもしない？　と。

ご馳走するつもりだったのに、ご馳走になってしまった。

甥夫婦と会って、すき焼きの名店で美味しいすき焼きを食べさせて貰うのも、毎年の恒例行事となっている。

また、比叡山や近江八幡までドライブするなど、楽しい時間を持っている。


滋賀の甥は亡夫の姉の長男だ。

仙台に住んでいた義姉は夫より長生きしたが、長い間入院していて、夫が逝った翌年、亡くなった。義姉の葬式で甥たちに会って、つながりが深くなった。その後彼の娘のなっちゃんの結婚式にも参列した。


義姉の次男はずっと仙台に住んでいたが、２年前に亡くなった。なっちゃんの結婚式で会ったのが最後となった。

次男の妻が、いつも言ってくれる。

「叔母さん、元気で長生きしてください。お願いします。お願いします」と。

お願いしますと言ってくれるひとはいない。

我よりも若き命の消えゆきぬ
愛しき者らに心のこして

私の妹は我が家から車で30～40分ほどのところに住んでいるので、中間くらいの立川のデパートでよく会っていた。

好みのブラウスなどを探す。お昼には、好みのお店に入って、食事する。また店内をブラブラして、探す。気に入った物やその時必要としている物が見つかると、買う。そして疲れて、休もうと、喫茶に入り、ケーキを食べたりしながら、喋る。喋る。

夕方になって、家路につく。


ある時、母の話をした。

母を松山の病院に連れて行った時のことを思うと、今でも心が痛むと、妹が言った。あっ、彼女も同じなんだと。辛くて、お互い今まで口に出せなかったのだ。

何の相談もせずに、いきなり母の日常を断ち切ったことに、ずっと心が痛んでいた。母のために、最上のことと、妹と弟と三人で決めたことだったのだけど。

松山の病院に連れて行く前日、母のブラウスやパジャマはもちろん、靴下や小物などに、一生懸命名前を縫い付けたことを思い出す。

それから、妹と日程を調整しながら、母のところへ通った日々。

思い出すと、何もかもが切ない。


新型コロナが流行して、デパートへ行けなくなった。

また、彼女の夫の病状が落ち着かなくなって、そういうことをしなくなった。


私が通うようになったペインクリニックが、妹の家から近いので、診療の時、駅前まで来てもらって、一緒に昼食をとるようになった。

彼女の夫は長い闘病生活の末、昨年この世を去った。入退院を繰り返し、自宅にいても何かあればすぐに病院に行くという生活で、彼女自身、心身共に落ち着かず、つらい日々を過ごしてきた。時にすれ違うこともあるが、たった一人の大事な妹。これからも支え合っていきたいと思う。


妹には二人の息子がいる。妹が新居浜で次男を出産した夏、私も手助けになれば、と帰省し、長男の利《とし》くんを夏の間ずっと一緒に過ごして面倒をみた。プールへ行く時も、友達の家に行く時も、常に一緒だった。

利くんは、私たちが一足早く帰京する時、一緒に帰ると、私に縋りついて泣いた。いとおしく私も泣いた。連れて帰りたいと思った。

その年の秋、利くんの誕生日のお祝いに妹の家へ行った。楽しく一日を過ごして、私たちが帰ろうとすると、利くんが「一緒に行く」と言い出し、本当に連れて帰り、5日間ほど一緒に過ごしたことがある。

利くんを連れて、馴染みの八百屋や魚屋へ行くと、「跡取りを貰ったの?」と言われた。みんな我が家が女の子だけなのを知っているから。

「駄目なのよ。この子は妹のうちの大事な跡取りだから」

若いパパとママは、毎朝、息子を案じて、電話してきた。


利くんと過ごす時間が多かったので、彼に対する情は、どうしても深くなる。次男の宏《ひろ》くんも可愛い。二人は全く異なる個性を持っているから、面白い。

宏くんは、赤ん坊の時、バーゼルへ行ったので、可愛い盛りの彼をみられなかったのは、ちょっと寂しいことだった。


いろいろなことが次々思い出される。ついこの間のことのようなのに、何十年も過ぎた。

彼らはいいおじさんになり、私たちは老いた。

宏くんは素敵な女性と出会って結婚し、二人の男の子の父となった。

闘病生活を送っていた妹夫婦にとって、孫の存在は力の源だったに違いない。

久しぶりの神宮球場

亡き弟の次女が東京に住んでいる。結婚し、二人の息子を持った。同じ東京ということもあり、毎年お正月に訪ねている。

男の子二人、そして姪の夫が野球好きということもあり、娘たちが姪一家を六大学野球に誘った。

神宮球場は、私にとっても青春を過ごした場所。

この秋久しぶりに神宮球場に足を運んだ。

早稲田と立教の2回戦。両校の賑やかな応援合戦の中にいて、何かしんと寂しい気持ちに満たされている。

一塁側のファミリーシートから、三塁側を見ると、十代の私が見える。一人スコアブックを広げて、真剣に試合を観ている私。

あれは大学4年の春の早慶戦の時だったか。学生席も一般内野席も、ぎっしり満員だった。その満員の中、一般内野席にいた私に、学生席から柵越しに、同窓で親交のあった慶大生のBくんがプレゼントを渡してくれたのを思い出した。

当時のことをあれこれ思い出して、涙が出た。

若い幼い、だけど青春真っ只中の私。

球場も、外野席は芝生で、座っていても滑ったりしたし、窮屈だった。


今回、野球を観に行くことはぎりぎりまで迷っていた。

まずあの階段を上り下りすることが出来るのか。ちょっと滑っても致命的。

1日中スタンドに座っていられるか。心配な要素はたくさんあった。

もちろん姪ファミリーのみんなに会いたい。長男のまあくん、次男のこうくんに会いたい。

行く決心をする気持ちにとどめを刺したのは、「今の神宮球場がなくなるのよ」と言う次女の言葉だった。

そう、外苑の杜が揺れている。樹木伐採について、世界的に注目を浴びている。

環境のために樹を植える方向に向かっている世界情勢の中で、ばっさり多くの、しかもたくさんの人々の想いのこもった由緒ある樹も伐ると言う。

神宮球場の風景が変わってしまう前に見ておかなければと思った。

娘たちが立てた計画に従って動くことにした。

姪一家と約束したのは日曜日。土曜、次女は神宮に行き、長女は私に付き添ってくれ、午後3時過ぎに家を出て、日本青年館ホテルに向かう。球場のすぐ前のホテルに〝前乗り〟するのだ。

都内のホテル代が高騰しているが、トリプルルームで、許容範囲の料金の部屋が予約出来たらしい。

高田馬場で、山手線に乗り換える。この線に乗るのは本当に久し振りだ。

ぎゅうぎゅう。

こんなに混んでいる電車に乗るのも、本当に久し振りだ。高田馬場と新宿の短距離だから、耐えられた。

新宿駅で、総武線と山手線が、同じホームだと言うのを、忘れていた。

千駄ヶ谷駅で乗ったタクシーの運転手が、日本青年館を知らなかったのには驚いた。

日本青年館が、今風の高層ホテルになっていたのも、びっくり。

試合が終わって、次女が待っていた。

揃って、13階の部屋に入る。

ベッドの間隔も空いていて、立派な部屋だった。

夕食。私があまり歩きたくないので、ホテルを出て最初の居酒屋に。混雑していたが、カウンターなら席があると。そこに入る。

ほとんどのお客がほろ酔い機嫌の男性。私たちが入って一時間もすると、空席も見えてきたので、多分神宮球場帰りの人たちだろう。

お店は、北海道の産物をメインにしていて、どれも美味しかった。

ホテルに戻り大浴場に入る。普段私がいい加減にしか出来ないところを、丁寧に洗ってもらってよい気分になった。

それなのに。

私は数種の薬を服用しているので、忘れないように用意する。一番忘れていけないのが、導眠剤だ。

誰にとっても睡眠は大事なことは言うまでもないこと。特に私にとっては、食べることより大事な時期があった。

最初に私に勧めたのは、翌日会う予定の姪の父親だ。

昔、父も母もいて弟が元気だった頃、母が大腿骨を骨折して入院した。父が家で一人になるため、私が手伝いに行っていた。父の誕生日がきて、弟一家が母の見舞いもかねて、帰って来た。

その時弟は、安定剤の処方を、当時私が通っていた虎の門病院のO先生に手紙を添えて書いてくれた。

「心穏やかに暮らすのが、いちばんだから」と言って。

夫が事業を始めてから心穏やかな日なんて一日もなかった。私の何を、精神科医の弟は見たのか。

導眠剤は飲まないほうがよいと言う先生もいらっしゃる。私も好きで服用しているわけではない。翌日快適とまではいかなくても、普通に暮らしたいだけ。飲まなくて、眠れなくて、次の日不調なのは、辛い。

その大事な薬を大事な日に忘れるなんて！

朝。頭が重い。胃も不快。全体にだるい。今日一日持つだろうか。

やはり来ないほうがよかった！　なんて思ってしまう。

次女はファミリーシートの券を買うために、9時前に出かけた。

前日買っておいたお握りを食べようとしたが、一つ食べるのが、精一杯。

出かける支度をして、窓から見下ろす。神宮球場が真下に。10時前なのに、応援団の練習が始まっている。球場のすぐ右側にラグビー場が見える。間もなく取り壊しが始まるそうだ。

その跡に球場を造る計画だとか。

左隣に目をやると、更地が見える。取り壊された第二球場の跡地だ。私の学生時代は、そこは林だった。

チェックアウトをして、次女と一塁側のファミリーシートに入る。待つこと暫し、「おばちゃん！」と手を振りながら姪がやってきた。長女にみちびかれて、姪一家が到着したのだ。

私を見つけたまあくんが、長女を押し退けて、階段を駆け上がって来た。嬉しかったなあ！

しっかりと握手する。こうくんは、ママに言われて握手。

七人分の席を確保していた。

私は姪夫婦の間に座り、姪と彼女の仕事の話などをする。

第一試合はあまり観なかった。

大学時代にかえっていた。

　神宮の球場には若き日の
　　わが哀歓の歴史あまた

第2試合は法政対東大。
彼らと楽しく過ごした上に、更に嬉しいことがあった。
東大が法政に勝ったのだ。画期的なこと。
「東大386日ぶり勝った」（日刊スポーツ）
「17年宮台以来!! 松岡完投で法大撃破」（サンケイスポーツ）
松岡投手の初勝利に、わが娘たちも大喜び。
「祝初勝利」と書いた手作りの垂れ幕を、掲げて祝意を表した。

何年も前、斎藤佑樹投手華やかなりし頃、その斎藤に、東大が勝った。その日も、私は球場にいた。その年たった一度観戦した試合が、それだった。

本当にいい試合だった！
いい試合を観ることができてよかった。
心配していたが、一日球場にいることができた。階段もなんとか上り下りできた。
姪一家も喜んでくれた。
よい一日となった。

私の神宮球場の歴史に幕をおろす、まこと好日となった。
(娘たちは、東大の勝利のためにもまた来てと言っているが)

東大の奇跡の勝利共に観し
幼ら二人は亡弟の孫

さがしもの

めぐりあい

小さい時から本を読むのが好きだった。

戦中戦後本があまりなく、家にあるものを手当たり次第に読んだ。『渡辺崋山』は漢字ばかりの難しいものだったが、面白く読んだ。『風と共に去りぬ』『戦争と平和』は中学時代に。母が買っていた『細雪』も母に隠れてこっそりと。武者小路実篤にはまったのも、中学時代。

私はその頃発刊されていた少女雑誌『少女の友』を購読していた。『ひまわり』『女学生の友』を取っている友達と、交換して読んでいた。

大人になって井上靖を読み耽った時もあった。

高校時代、図書室に入り浸っていた、受験勉強そっちのけで。

子供のＰＴＡでも、読書会に所属。難しい姑だったが、本を読むことには、寛容だった。姑自身も読書が好きだった。山岡荘八『徳川家康』は、彼女に頼まれて、図書館から借りて来て、私も授乳しながら全巻読んだ。

このところ続け様に、夫を看取った妻の手記を読んでいる。いずれも高名なご夫妻で、夫人は文筆家。文章がお上手な上に、仲のよい素敵なご夫妻たち。

私は昭和11年生まれの86歳。老い、病、死について考えることが多くなった。だから心に突き刺さったのかもしれない。

三浦朱門さんと曽野綾子さん。藤田宜永さんと小池真理子さん。どちらもご主人を亡くされ、奥様が書かれたものを読んだ。64年と37年の違いはあるが、それぞれ死別するまで添い遂げられた。奥様の書かれた夫婦の姿に、とても心を揺さぶられた。深い信頼。強い愛情。羨ましい。美しい。お二人に高い知性がおありになるからか。感受性が豊かでいらっしゃるからか。何度も読み返して、お二人の生活を頭の中に描いている。そして切なくなっている。

小池真理子さんが、藤田宜永さんとの最後の日々を綴った『月夜の森の梟』を出されて、藤田さんには勝手に親しい気持ちを抱いていたから、当然読む。同じ時期曽野綾子さんの『夫の後始末』が目に留まって、読んだ。興味深かった。その直前に、お二人の対談を大変おもしろく拝読していたこと、若い頃から、お二人に関心を持っていたことがある。その後曽野綾子さんが『続・夫の後始末』を出されたことを知って、探していた。見つけた。

たくさんいらっしゃる作家の中で、特にこのお二組に心を揺さぶられるのは、このお二組とちょっとしたご縁があるからなのだ。細い細いつながりだけれど。

弟は曽野綾子さんの大ファンだった。大学生の時、曽野さんに会わせてくれと何度も私に迫った。だが、一介の主婦に過ぎない私がどうやって？

私は結婚していて、千葉県市川市に住んでいた。市川に大学の同窓会があった。広報というお役目をもらっていた。総会、新年会、花見の会などを催し、けっこう集まって親交を深めていた。

姑は、普段私が出掛けるのを嫌がったが、この集まりには、文句を言わず出してくれた。もちろん食事はつくって行くのだが。

その会の大先輩に、曽野さんのおば様がいらっしゃることがわかった。私が卒業した青山学院は、現在は共学校だが、元々は女学校で、その方はそちらの卒業生でいらした。おそるおそる弟の切なる願いをお話ししてみた。

考えて下さった案が、曽野綾子さんのところへ、花瓶か何か大切なものをお届けするというもの。

欣喜雀躍弟は出掛けて行った。

三浦朱門さんも一緒に会って下さった。「いらっしゃいませ」と深々とお辞儀をして迎えて下さり、三浦さんと一緒に長時間、お相手をして下さったという。

これはすごいことだと思う。いくらおば様のご紹介とはいえ、一介の大学生にそこまでして下さるのは。

でも今お二人のご本を拝読すると、よく理解できる。お二人は、人を区別しない。差別しない。いつも真摯。

おば様の告別式の時、曽野綾子さんをお見かけした。そういう場でなかったら、ご挨拶できたかも知れない。

9歳違いの弟は、医者なのに大腸ガンで57歳の時に早々と逝ってしまった。

私が年老いて、いろいろ体に辛い症状が出て来た今こそ、助けて貰いたいのに。弟には、いろんなことをしてあげた。それなのに何も返してくれないで、逝ってしまった。老いた母を遺して。二人の娘を遺して。

弟は娘たちの夫を知らない。当然孫の存在も知らない。たいした力はないが、出来るだけ会って食事をしたりプレゼントをしたりして彼の娘と孫たちを見守っている。

そして藤田宜永さん。

私は、阿刀田高先生の小説教室に2年ほど通っていた。

夫が突然事業を始めて、心も体もぼろぼろズタズタ、生活の全てがカサカサだった時、長女がお金を出して、申し込んでくれた。月一の講義に私は真面目に通い、小説も何編か書き、先生の批評も頂いた。もちろんお友達も出来た。教室が終わるまで頑張った。プロにはなれなかったけれど。

Kさんというまめな世話役がいて、教室が終わってからも、集まる機会があった。

先生の二百冊出版記念パーティーが開かれた時、受講者が大勢出席していた。推理作家協会の作家が大勢来ていた。阿刀田先生が協会の理事長だった。何人かのご挨拶が終わった後、三々五々人びとは動き歓談していた。カメラを持った友人が、あちこちでシャッターをきっていた。私は、逢坂剛さんと話した。逢坂さんのお父上は中一弥さんで、池波正太郎さんの小説に素晴らしい挿し絵を描いていることで有名な方だ。そんなお話をしているうちに、何人か集まって来て写真をとろうということに。

逢坂さんの隣に私とあと二人、並んで写そうとしていたら、「私も入れて」と横に来た人がいる。

「あっ、小池真理子さんの旦那様」

思わず口走っていた。すぐ「すみません」と謝った。

その人・藤田宜永さんは「大丈夫ですよ。その通りですから」と笑っていらした。

その写真を藤田さんにお送りすることに。その頃は、出版社が出す文芸手帳に有名作家の住所が載っていたのだ。

実のところ、それまで藤田さんの小説を読んだことがなかった。写真だけぽこっと送るということはできない。図書館へ行き、藤田さんのご本を何冊か借りて読み、その中で気に入った『じっとこのまま』が好きですと書いて、写真をお送りした。私の小説を読んで下さって嬉しいというハガキを頂いた。

それが藤田さんとのご縁の始まりだった。

その2年後くらいに、藤田さんは直木賞を受賞した。小池さんに遅れること5年。ご夫婦で受賞したというので、マスコミは大騒ぎ。かっこいいお二人だから無理もないことだった。

小池さんが受賞した時、藤田さんもノミネートされていた。当時藤田さんが書いていらした。「落選した者が、受賞した人のところに届いた花束の空き箱の始末をするなんて経験をする人は、そうはいないと思うんですよ」と。

藤田さんが直木賞を受賞した年の夏の終わり、たまたま私は、娘たちと軽井沢へ行った。お二人は軽井沢に住んでいる。周辺の書店には、藤田さんの本が溢れていた。中軽井沢から乗ったタクシーの運転手さんが、藤田さんのお家を知っていて、連れて行ってくれるという。坂の上のほうだった。下のほうにある「冬の家」にも連れて行ってくれた。

今だったら個人情報の観点からも問題だろうが、当時はまだおおらかな時代だった。

受賞作『愛の領分』の感想と共に、そのようなことを書いたお手紙を出した。

その秋、阿刀田先生が始められた『朗読の会』に、友人のFさんと聴きに行った。

道に迷い、会場に着くのが遅くなった。空席は最後列しかなかった。私たちはガヤガヤ言いながら、通路側に一人座っている男性の前を通って、その隣に座った。落ち着いてから、周りを見回して、隣の男性が藤田さんだと気付いた。

「藤田さんだわ」とFさんに囁くと、「サインを頂きましょうよ」と、私の前から手を差し出して、サインをお願いした。Fさんの向こうに座っていた人も、手帳を出した。快く応じて下さった。

しばらくして藤田さんは私の顔を見て、「うちへいらしたそうですね」とおっしゃった。恥ずかしかった。私の顔を覚えていて下さった。席に着くまで、ガヤガヤ騒いでた。厚かましくみんなでサインをお願いした……。

だけど奇遇！　たまたま座った席の隣に、藤田さんがいらしたなんて！

「朗読の会のようなのが、好きなんですよ。でも次の会があるから、中座しなくちゃならないのが、残念なんです」

その会というのは、サントリーと毎日新聞共催の講演会のこと。推理作家協会のメンバー四人が、サントリーの山崎蒸留所でそれぞれのブレンドによるオリジナルのシングルモルトウイスキーを競って造るという催し。毎日新聞を購読しているので、その催しのことを知っていた。藤田さんが出席する予定の講演会のメンバーは北方謙三さん、逢坂剛さん、大沢在昌さん、藤田宜永さん等の豪華なメンバー。

「私もそちらに行きたいです」と言ったほど。

その後、書店に行くと、藤田さんの本を探し、見つけたら購入して感想を書き送るようになった。「拙著を読んで頂いて有難うございます」というおハガキを頂いた。

藤田さんの作品が全て好きだったわけではない。苦手なものもあった。そういう時は生意気なことを書いたのだと思う。「岡田さんのお好きなものもそうでないものも、書いていきます」というようなおハガキを頂いたこともある。

藤田さんの作品『いつかは恋を』のヒロインは50代の女性。こういう小説をもっと書いて頂きたいと書いた。藤田さんは、「もう連載は取らず、書きたい時に書きたいものを書こうと思います」とお手紙ではおっしゃってた。小池真理子さんのご本を読むと、ガンの宣告を受けてから、書くことを放棄していたと。どんなお気持ちであのように言われたのか。考えると辛い。

弟のことを思い出した。弟と同じ頃、ガンになって、エッセイを書いて有名になったお医者さんがいた。精神科医だった弟の教え子のM先生がお見舞いに来て下さった時、「小野先生も何か書いて下さいよ」と言ったが、弟は苦笑して無言だった。無用な二度目の手術をして、ICUにいる時だった。彼が病気になって書いたのは遺言状だけだった。

曽野さんも小池さんも、自立したしっかりした方々なのに、ご主人にしっかり守られている。羨ましい。

自分の夫婦生活と比べてしまう。夫は「あなたと結婚できなかったら、一生後悔した」と言ったくせに、苦労ばかりさせて！　姑のことで辛い思いをしても、守ってくれず。起業した会社のことでは、思わぬ苦労をさせられた。また、これは彼の責任ではないかも知れないが、彼が病気になったことで、介護や、会社のことで大変な心身の労苦を背負わされることになった。

今回、『月夜の森の梟』を読んでわかったことだが、藤田さんも大変だったが、受賞した小池さんも大変だったようだ。お二人がノミネートされ、小池さんが直木賞を受賞し、彼女の妹さんに受賞を知らせた時のこと。小池さんの受賞を喜んだ後で、「彼は？」と藤田さんのことを尋ね、駄目だったと知って、妹さんは号泣したという。

その後、藤田さんが受賞した時、お二人で出演したテレビで、こもごも語っている。「彼の気持ちがわかるから、しばらく別居してもいいのよと言ったんです」と小池さん。藤田さんはこのようなことを語っている。受賞するには作品がなければいけない。もやもやを払うためにも、ひたすら書きましたよと。

出会って恋して、作家目指して頑張ったと小池さんはさらりと書かれている。そしてお二人揃って大成され、直木賞を始めたくさんの賞を受けている。賞を取るだけが立派というわけではないが、並大抵のことではなかったに違いない。

藤田さんは69歳で、令和3年1月に亡くなられた。早過ぎる。

「余りにも何もかも揃っているから、神様が焼きもちを妬いて、藤田さんを奪い去ったのじゃない？」と長女は言う。

「私たちはかたわれだった」と小池さんが言っておられるように、本当にかけがえのない藤田さんを喪った彼女の寂しさはいかばかりかと思う。

夜はラジオをつけっぱなしにして寝る。かつて入院した時、夜眠れず辛かった。その時娘がラジオを持って来てくれて、救われて以来、寝る時の私の習慣。田舎の古い家に一人いる時など、魑魅魍魎の気配の怖さから、私を守ってくれるのもラジオだ。

その夜もラジオをつけっぱなしで寝ていた。

明け方、「『鋼鉄の騎士』で○○新人賞、『愛の領分』で直木賞……」というアナウンサーの声が頭に入り、私は飛び起きた。これって藤田さんのことじゃない？　でも、どうしてこんな時間に？　それってもしかして……。

やはり、訃報だった。

ショックだった。ご病気だったなんて知らなかった。まだ60代。これからもまだまだ素敵な作品を発表してくださるとばかり思っていたのに。

ただ今年は年賀状をいただかなかったから、ちらとは思った。（ご病気かしら？）って。

それでも重い病気だなんては考えもしなかった。

最後に、丁寧な優しいお手紙をいただいたのは、その僅か四ヶ月前だった。

「あっ小池真理子さんの旦那さま！」という言葉を、初めて藤田さんのお顔を見て発してから、20年以上の歳月が流れた。小池さんのご本を拝読した後では、戴いたお手紙がまるで遺言状のように思える。

三浦朱門・曽野綾子さんご夫妻の笑顔と、藤田宜永・小池真理子ご夫妻の笑顔はまるで違う。どちらも素敵なカップルでいらっしゃるが。

さらに、半藤末利子さんの『硝子戸のうちそと』というご本を見つけた。

その帯に「最高の伴侶、半藤一利さんを見送るまでの515日を収録」、裏には、「あんなに私を大切にして愛してくれた人はいない」と書かれていて、その言葉に惹かれて、そのご本を買った。半藤一利さんが一年前くらいに亡くなられたことは認識していた。半藤末利子さんの随筆は、〝てんぷら近藤〟で戴く『味覚春秋』で、愛読していた。

先日、「徹子の部屋」に出演なさった末利子さん、「やさしくて大事にしていただいて、お幸せな人生でしたね」と徹子さんに言われて、「はい」と笑顔で肯いていらした。ほほえましかった。羨ましかった。

巡り合わせ

夫との結婚生活を改めて振り返ってみた。

夫との出会いは昭和34年、その頃できた薄いご縁の知り合いの方が持って来た見合い話だった。彼は私の見合い写真を見て、「この人と結婚したい」と思ったという。のりのりの気分で、東京から四国の田舎までやって来た。我が家で普通に2時間ほど、最初は両親や仲人さんを交えて、あとは二人で話した。

見合いが終わったあと、奥に引っ込んでいた私のところへ来て、「どうでしたか？　気に入ったですか？」と仲人さんがたたみかけてきてびっくりした。もう何回も見合いをしていたが、会った直後にこんなふうに迫られたのは初めてだった。どうしても結婚したいとも思わなかったし、絶対に嫌とも思わなかった。そう言った。

普通見合いのあとは、日を改めて、仲人さんが来て言うものだ。「あなたは、僕には立派過ぎます」と体よく断って来るか、「もう一度会いませんか」と言ってくるか。こちらも考える時間が必要。彼は気に入ってくれたみたいだったが。すぐにも決めたいという気持ちだったようだ。心を残して（？）帰京する。

2ヶ月後に彼の父親が亡くなった。元々心臓が悪く、その頃は臥せっていることが多かったようだ。それなのに渋谷の大学まで私のことを調べに行ったと聞いた。「野球が好きで、飛田穂洲先生を尊敬していて、野球評論家になりたいと言ってましたよ」と大学で聞いてきたと言う。英文科を出て野球が好きな女子などは、家に落ち着かないのではないかと危惧していたらしい。

そう、私は野球記者を目指していたことがある。

昭和20年、私が国民学校4年生の時、終戦で世の中が変わった。国民学校は小学校になった。小中学校は義務教育となり、小学校6年、中学が3年というように学制も変わった。

新制中学校在学中のビッグニュースと言えば、2年生の時、松山東高校が、甲子園で優勝したこと。愛媛県は高校野球が盛んだったが、優勝は久し振りだった。戦後初ということで愛媛県中が沸いた。そして私の心に、野球に対する火がついた。

高等学校は新居浜市内に3校。地域で決められていて、選択の余地はない。私は東高等学校に入学した。中学校2年間を過ごした同じ校舎で、古びた木造校舎だった。

運動場は広く、教科も選択の幅が広く、楽しかった。どこかの時代に戻れるとしたら、高校時代を選ぶ。そしてしっかり勉強したいと思う。

終生の友となるT美とY子と出会う。FくんHくんと出会う。人を恋うることも知った。

Mくん。激しく好きになった。片想いではなかったようだが、恋人ではなかった。十六年振りに会って楽しい時を持つことができたりして、いい思い出。学校は田んぼの中にあり、国領川の東側。西側には、書店、映画館が2つ。デートすると言っても、どこで、何が出来ただろう。厳しい両親が許してくれるはずもない。毎日教室で顔を合わせて、話をする。それで充分だった。

昭和28年、高校3年生の時、松山商業が甲子園で優勝した。決勝戦は、松山商業と高知県代表の土佐高校の間で闘われ、稀にみる熱戦。「どちらの学校にも優勝旗をあげたい」という、飛田穂洲先生の選評に、野球に対するのと同じ熱い炎が燃え上がったのだ。厳しくも温かな先生の言葉。私は野球と先生の両方に魅せられてしまった。

大学受験は、志望したところ全て落ちた。当時青山学院大学の試験日は遅かったので、受験することができた。でも、私の色とは違った。みんなおしゃれで大人で、田舎から出て来たおかっぱ頭の私は、場違いな感じがした。私の入ったC組は、第2外国語が様々で、人間も様々で、早い段階で相方を見つけることができたが。釧路から来たR子とは、結婚後もお互い東京に住んだので、付き合いが続いた。

志望した学校でなかったと言って、馴染まなかったのは、もったいないことをしたと思う。しっかり勉強していれば、英語がもっと身についたのに。学校から神宮球場が近いのをいいことに、土曜日日曜日は、神宮球場に通いつめた。一人内野席の前の方に座って、スコアをつける。当時としては珍しかったようだ。

慶應義塾大学の野球部に、ちょっとしたご縁を持つ選手がいて、六大学野球リーグ戦の招待券を送ってくれていた。私は、試合を観た感想を書き送った。文通のみ。私は、試合だけに興味があった。長嶋茂雄選手は同学年だったので、慶應の林投手から、当時新記録となる8号ホームランを打ったのもこの目で見ている。

大学2年の終わりに、一つの冒険をした。都内の大学生で組織された学生放送協会が、会員を募集している広告を見た。学内の生活に、今一つ物足りなさを感じていた私は、その試験を受けた。一次二次とあったが、幸いにも合格した。

一次は、筆記試験だった。合格して、二次試験の会場は、市ヶ谷の小さなスタジオだった。名前を呼ばれて中に入ると、部屋の真ん中に、机がひとつ。その上にマイクが立っている。硝子で仕切られた小さな部屋に、三人の男性がいた。

合図されて、椅子に座ると、机の上に、「愛読書について語れ」と書いた紙があった。

私は語り始めた。

「私の愛読書は、『ベースボールマガジン』です。買ったり、貸本屋で借りたりして、毎月読んでいました」

『ベースボールマガジン』や『野球界』を毎月読んでいたのは、本当のことだ。

でも何故、愛読書と言って、この雑誌を出したのか？

『友情』とか『赤毛のアン』とか、ちょっと気取って、ヘッセとかテニスンとか言えた筈なのに。

でも、このお陰で、合格したと思っている。


一年間、番組作りに励んだ。『若人の手帳』という15分の番組。いくつかの民放局から、実際にオンエアされていた。

様々な大学から様々な学生が集まっていて、御徒町の鰻屋さんの二階の狭い事務所は、雑然とした熱気に包まれていた。私はほぼ毎日事務所に顔を出した。経験したことのない出来事が続き、楽しかった。野球を好きな女の子だと珍しがられ、愛され、嫌われ、精一杯沸騰した日々だった。辛いこともあったにせよ、持ってよかった経験だった。

一年でやめたのに、卒業して東京を離れる時、5～6人の仲間が見送りにきてくれ、驚いた。


そして何より、飛田穂洲先生にお会い出来た。先生へのインタビューの企画が通ったのだ。天にも昇る気持ちとは、このこと！　早稲田大学野球部安部寮に行ってお話を伺った。

先生は普段は水戸に住んでいらっしゃるが、リーグ戦開催中は、安部寮で起居されていた。先生は、私が真摯に試合を観ていることに、好意を持って下さって、それからいろいろご指導を頂いた。

4年生になって就職問題で悩んだ。女子で、自宅通学でない者は何かと不利だと言われていた。大学の推薦は取れて、朝日新聞と岩波書店を受験したが、あえなく討ち死に。帰郷しようか、もっと受けようか、迷っていた。大学はもう一社推薦してくれた。だが両親には帰って来るように言われていた。

「野球記者になりたいのですが、どのようにしたらよろしいのでしょうか」飛田先生にお訊ねした。

「新聞社に入ることですね」

「朝日新聞を落ちました」

「では、スポーツ新聞かな。だが、スポーツ新聞社に入るのは、あまり勧めないな。早く結婚して、いい母親になりなさい」

この先生のお言葉は大きかった。朝日新聞を受験し、駄目だったこともあって、私は帰郷した。1年間高校で英語教師をした。この時点で、私はきっぱり野球と決別した。

それなのに、数十年後、私の野球のＤＮＡが動き出す。

早稲田を卒業した長女、法政を出た次女の二人とも、六大学野球を愛し、神宮球場に通っている。次女は東京六大学野球を応援するミニコミ紙を作り始め、長女の資金・実務両面の協力により30年以上発行し続けている。

かつて娘たちの友人に「姉妹二人してこのような野球好きになるなんて、どのように教育されたのですか」と質問されたことがある。まさか！　教育などするわけがない。しかし二人とも野球好きで神宮に通うようになったのは、ＤＮＡとしか言いようがない。

踏み出す

飛田先生のお言葉通り、私は24歳で結婚することになる。

夫のもとにいった見合い写真は、二度目のもので、京橋の有名な写真館で撮った澄ました表情ではなく、ちょっと歯を見せて笑っているもので、彼はそれに魅せられたらしい。妻にするには朗らかな人がいいと願ってた。厳しく病身の父親と内気で非社交的な母親。明るい家庭を思い描いていて、写真の私はぴったりだったらしい。

でも私はそんなに朗らかな性格ではない。誰も信じないが、内気で人見知りだと思っている。だが、一度慣れると大胆になり、お喋りになる。仲良くなるとずっと仲良し。社交的だとみんなに言われる。ここは何か言わなきゃとか笑わさなきゃとか気を遣って座持ちをするのだ。そして後で、疲れたり自己嫌悪に陥るのだが。

結婚してからお隣の家の人に言われたことがある。

「あなたが来てから、明るい笑い声が聞こえて来るようになったわ」と。

見合いのあと、彼の母が新居浜の私の家に来た。一人で。次女（夫の妹）が九州の小倉に嫁いでいて（この見合い話は義妹の嫁ぎ先の縁から出た話だった）、彼女の出産の手伝いに小倉に来ていて、その帰りに寄ったのと言うのである。高松に岡田の家があるし、彼女は元々高松の人。だからはるばる東京から来たというのとは違うが、彼女を知ったあと、それがどんなにすごいことだったかわかったのである。彼女はすごい人見知り。内気。どんなに大きな勇気をかき集めたことかと思う。大事な息子のために頑張ったのだ。

その時、従姉二人が同席していたが、彼女らは「あそこへ嫁ぐのはやめたほうがいいと思うよ」と口々に反対した。姑で苦労して来た彼女たちの貴重な意見だった。私も、姑は気難しそうだと思った。

義父は亡くなったが、「喪中だからと言って話を中断したくない。機会をみつけて、是非上京して欲しい」と義母に言われた。10月に、父が産業医の学会があって上京することになった時、同行し、市川市の岡田家を訪問した。総武線本八幡駅からほぼ5分。板塀に囲まれた古い日本家屋。庭には、門のすぐ内側に大きな松の木があり、左手の枝折戸の向こうはうっそうとした樹々がたくさん見える。

八帖の座敷に通される。向き合うとすぐ姑は、「この度はお嬢さんが来て下さることになって、有難うございます」と両手をついて、深々と頭を下げた。

私も父もびっくり仰天！「えっそんな！　まだ何も決めてないよ！」

でも父は何も言えなかった。私はもっと何も言えなかった。それで決まってしまった。

私は父と別れて東京に残り、彼から指輪を貰って、正式に婚約者となった。

父は途中大阪の姪のところに寄った。後で従姉から聞いたのだが、その夜大酒を飲み、酔って大荒れだったそうだ。「おいちゃん、寂しかったんだと思うよ」と従姉は言っていた。結婚が決まったのは、夫の熱意と仲人さんの力だろう。

それまで見合いをしても「立派過ぎる」「僕にはもったいない」などと言って何度か断られた。だが彼は家柄とかにとらわれず、私を真っ直ぐに求めてくれた。

彼は昭和4年生まれ、旧制高校最後の卒業生だ。大牟田に住んでいたので、熊本の第五高等学校に入り、その後東京工業大学に進み、そこを卒業している。

気持ちは決まっておらず、乞われるまま訪問したのだが、まさかそのまま結婚が決まるなんて、思っていなかった。母などは唖然としたことだろう。でもそうやって結婚が決まってしまった。

もちろん、絶対に嫌だったらもっと前に断っていたはず。確かに私は、研究を続ける人が好きだった。東京工業大学が好きだった。東京大学よりも。何故かわからないけど。だから断らないでいたのだと思うが、結婚することになったのは、何より彼の熱意に押しきられたということだと思う。

それからは手紙のやり取りだけで、昭和35年3月7日に、東京飯田橋にある東京大神宮で式を挙げた。両家の親族、彼の会社の上司や部下、私の大学時代の友人など、50人くらいのこぢんまりした披露宴だった。高校時代の友人らは祝電をくれた。ハワイにてと書いてあったので、会場がざわめいたが、その頃新居浜にあった唯一の喫茶店の名前が、『ハワイ』だったのだ。

新婚旅行は、4泊5日の南紀の旅だ。その時初めて寝台車に乗った。
大学時代、宇野と東京を『瀬戸』で往復していた。夜行列車ではあったが、寝台車ではなく、夜通し座席に座っていた。東京まで行く人は少なく、宇野から思いがけない人と一緒になり、ほのかな恋が生まれたりしたものだった。

新婚旅行から帰ると、すぐに姑と同居の生活が始まる。ほとんど姑と二人。彼の勤める会社は目黒にあった。朝6時過ぎに家を出る。私は5時起き。夜7時過ぎに彼が帰って来るまで、姑と二人。
従姉たちが案じてくれたが、私は思っていた。「自分の親はどこかのお嬢さんが弟と結婚して、面倒をみてくれるはずだから、私も嫁ぎ先の親の世話をするのは当たり前」だと。若かった！　甘かった！　のちに実の親の介護もすることになるなんて当時は思ってもいなかった。

その頃は秋に大掃除をし、家中の畳を上げて庭に出し、陽にあて風を通していたものだった。そしてパンパンと竹で叩いて埃を出して、元の部屋に戻す。畳を上げたあとの地面を除くと、水が溜まっている。「あれは私の涙だわ！」とよく言っていた。120坪の敷地は、元は植木屋さんが植木をプールして置く場所だった。真ん中の樹木を除いて、そこを宅地として家を建てたから、湿気が多かったのだ。

姑は人が来ることを好まなかったが、来客は多かった。姑のお兄さんお姉さん従妹や姪が来て泊まっていった。だが、私のほうの親類が来るのは嫌がった。ある時大学生の従弟が訪ねて来た。座敷で話してたら、ラーメンをとってくれた。私は恐縮して、「お客じゃありませんから、お気を遣わないで下さい」と言った。

夕方になって姑が座敷に入って来ると、「早く洗濯物を入れなさい！」と咎めるように言う。

「だって、お客さんが来てるのに。お義母さん、入れて下さいませんか」と私が言ったところ、「お客じゃないと言ったじゃないの！」と。

長時間私たちだけが、二人だけで話をしてたのが、気に入らなかったのだ。だが、一緒に話しましょうと誘っても仲間に入らない。そういう人だった。

お正月には夫の部下の人たちがよく訪ねて来た。冷凍庫もないし、お店も三ヶ日完全に閉まってしまう時代。若い人が大勢来て、食べるものが足りるかと、いつも気を揉む。姑がいてくれたら、何か助けになってくれると思うけど、彼女は出掛ける。人が来るのが嫌だから。そして夕方機嫌悪く帰宅する。お店がどこも開いていないから。行くところがなかったから。

義母はデパート、中でも三越が好きだった。三越は高松にもあったから。花も好き。桜、躑躅、菖蒲と、それぞれを愛でに行く。自宅の庭にもたくさんの花木があった。何しろ植木屋さんの植木をプールする土地だったのだから。木瓜に海棠、木蓮、躑躅、薔薇などなど。庭の掃除をする時は、時間をかけてきれいにしてくれる。でもいつもではない。広い庭に樹木がいっぱい植わっているから、落ち葉が大変で、その掃除で、私は腰を痛めた。

私の実家は、その頃その地区で唯一の医院だったし、父も母もいろんな役職を引き受けていたし、古い家だったから、来客のない日がなかった。玄関から訪ねて来る人、勝手口から来る人といて、とにかく賑やかだった。だから私は、人が訪ねて来ることには慣れていた。

結婚後一年して長女が生まれ、彼女がよちよち歩き始める頃、夫はアメリカに出張を命じられた。会社として戦後初のことだったので、羽田空港には社長さんも見送りに来て下さった。一ヶ月余りのアメリカ滞在で、たくさんの友達を作ってきた。そして年末には彼らに日本らしいカードとカレンダーを亡くなるまで送り続けた。私は彼から記念日のプレゼントやカードなど贈られたことなどなく、長い結婚生活の中で、私が夫から貰ったプレゼントは、万年筆と広辞苑だけ。

結婚した時夫は、旧財閥の大手の金属鉱業会社の係長だった。その会社は、役職者のボーナスは社内預金と決まっていた。だから私はボーナスというものを貰ったことがない。給料も振り込みではないので、自分の分を取ってから、給料袋を渡してくれていた。

　後年、彼が独立する時、この社内預金が元資になっている。彼は、その専門分野では、優れた業績をあげ、認められていたが、社会性はゼロ、常識も皆無。釣書に、六ヵ国語が出来ると記されていたが、普通の日本語を知らない。すてこを知らない。ブリーフとトランクスの違いを知らない。女性がブランド物が好きだなんてことはもちろん、そもそも世の中にブランドというものがあることも知らないような人だった。

　結婚当初から姑と同居。生まれた時から健康優良児だったのに、秋に里帰りした時は痩せてガリガリで、母を嘆かせた。

　気難しい姑と同居だったから、日々穏やかとは言い難いが、それでもまぁまぁ安定した生活を送っていた。

夢の中

結婚直後、夫は私を、代々木にあったロシア語の学校に通わせた。ロシア語はおもしろかった。数人の友人も出来て、授業前に駅前の喫茶店に集まって、予習をした。我が家へ遊びに来た女性もいる。

昭和35年、いわゆる安保闘争の真っ只中だった。安倍晋三元首相の祖父・岸信介首相の時だ。

民意を踏みにじって、強引に新安保条約を結ぼうとしたことに反対する国民的運動だった。友人になった若い男性が、G大の学生組織の幹部だった。ある日彼が、機動隊とデモ隊が対峙している最前線に連れて行ってくれた。ものものしい装備、緊迫した空気。初めて目にする異様な、日本とは思えない光景だった。東京大学の女子学生、樺美智子さんが、国会に突入した時、押されて、死亡。昭和35年6月15日。若い女性の衝撃的な死！　怒濤の時代だった。

夫は私に工業の分野の翻訳者にしたかったようだ。だが、土台無理な話。日本語でも何の知識もない分野の、翻訳者になれるはずがない。初級の授業を終えて、中級が始まって間もなく、妊娠がわかった。しばらくは無理をしながら通ったが、体が辛くなって、退学する。ロシア語の勉強は、それまでとなる。

夫はグローバルな人で、アメリカに行った次の年はヨーロッパに行き、また友人を作ってきた。彼らが、我が家を訪ねて来ることもあった。刺身をお箸で上手に食べる人、生ものが苦手で全く食べられない人、さまざまだが、すき焼きはだれにも喜ばれた。座敷に新聞紙を何枚も広げてその上に七輪を置く。見栄えは悪いが味は良い。庭の奥につつじの道があった。それを見るため、お客さんの中には、靴下のまま庭に下りる人もいたので、次の来客の時は、敷石から躑躅の植え込みまで茣を敷いて置いたりした。

泊まっていった人もいた。和式便所、五右衛門風呂に和室。泊まった人のほうが大変だったろう。私は英語で会話するのが好きだった。英文科を出てはいるが、英語が凄く得意というわけではない。だが、外国人とコミュニケーションを取るのが好きだったのだ。それは今もそうだ。

いろいろな人が我が家にやって来たが、アメリカ人のコンラドさんは特別だった。日本文化の研究者で、とても日本を愛してくれていた。まだ小学生だった長女にアメリカに留学することを強く勧めてくれ、私たちもその気になっていた。

娘が中学生になって具体的な話になり、彼から電話を貰った数日後、彼のお父様から、速達が届いた。コンラドさんが亡くなったという知らせだった。暴漢に襲われて死んだと。

それを報じた新聞の切り抜きも同封されていた。

私達の衝撃と悲しみは大きかった。

娘のショックを思って、しばらく彼女に知らせなかった。アメリカは怖い国だと思った。怖いアメリカに娘を行かせなくてよかったと思うことにしたが、コンラドさんを喪った悲しみは癒えることはない。

私の高校時代にも留学の話があった。英語の先生の一人が進駐軍の通訳をしていた関係で、そういう話が出てきたようだ。高校入試の英語の点数がトップだったので、私に眼をつけたらしい。両親は行けばと乗り気だったし私も行きたいと思った。昭和27年頃の話。実現しなかったが、行ってたら、私の人生はどうなっていたか。

長女は大学に入って、ドイツ語を選択し、ドイツには何度も行ったが、アメリカには行っていない。私もヨーロッパへ行く時、飛行機のトランジットでアラスカ空港内に降り立ったことがあるだけ。アメリカ文学を専攻したのに。


本当に大勢の外国の人が来た。夫が外国で知り合った友人、仕事関係で知り合った人たち。コンラドさんの弟さんも、ベトナム戦地から休暇を過ごすために我が家に来た。彼はお兄さんと違って、お刺身が食べられなかった。

同じアメリカ人のブラウンさんも来た。ブラウンさんがクリスマスプレゼントに送ってくれたお金で自転車を買った。今みたいに誰もが乗っている時代ではなかったのでありがたかった。

台湾の人も来た。

東京に越して来て、最初にうちに泊まったのはディグナットさん。ベルギーの人だ。後年夫の学会でパリに行った時、彼と再会することになる。

みちくさ

昭和48年11月、私は初めて外国へ行った。夫の関係するK出版社が、創立5周年記念に、執筆者の家族を招待する企画だった。乗り物に弱いし特に外国旅行をしたいと思ったこともなかった。夫が強く勧めたこともあったし、その時妹一家がスイスのバーゼルに住んでいて、彼女たちに会いたかったので、行く決心をした。当時、妹の夫がバーゼルの研究所に留学したので、一家で同行していたのだ。

フランス、イタリア、ギリシャの都市を3週間で回る旅程。オプションで初日にロンドン観光を付けられたので、私も希望した。出発までに何度も説明会や勉強会が開かれて、いざ出発の時には仲のよいグループができていたので、一人で参加しても不安はなかった。羽田空港に着いたら、私のスーツケースが一番小さかった。きっとみんなは、着替えの洋服をたくさん持っていっていたと思う。私が新調したのは、ベージュのパンタロンと焦げ茶色のトレンチコートとつばの広い帽子のみ。二枚ほどブラウスを縫った。あとは手持ちのもの数枚。お金も一番少なかったのではないか。スーツケースの中で場所を占めていたのは辞書。パリで夫の知人のソーベルさんを訪ねることになっていたので、お土産と仏和、和仏、英仏、英和と4冊も辞書を持たされた。

ロンドンの朝バッキンガム宮殿へ向かっている時出逢った数人のおじさんたち、胸に勲章をぶら下げていた。第一次世界大戦の戦勝日だからと言った。

羽田を出てから快調だったので、ロンドン空港で皆とビールを飲んだ。ド・ゴール空港に着いてホテルへ向かうバスが、渋滞にはまってノロノロとしか動かなくなった。気持ち悪くなった。吐きそうになった時、漸くホテルに着いた。割り当てられた部屋に入って、ベッドに倒れ込んだ途端、フロントから呼び出しがかかった。ヨロヨロと出て行くと、ホテルの入口に一人の男性と男の子。翌々日訪問することになっているソーベルさんたちだった。とんだ初顔合わせだった。でもソーベル家を訪ねた夜は、この旅で最も楽しいものだった。

みんなはオペラを観ている時間で、私もオペラ座へ行きたかったから、そこにソーベル家訪問をいれた夫を恨めしく思っていた。オペラ座へも行けたらよかったのだが。

ソーベル家には夫人のお母さんが来ていて、彼女が英語が堪能だったので、会話は成り立ち、子供たちとも話が弾んだ。料理も美味しく、みなさんいい人ばかりで、最上の夜を過ごした。大学の第2外国語は、フランス語だったのに、全く役に立たなかったが。

ベルサイユ宮殿やロワール川ぞいの古城巡りなどをして、イタリアに入る。コロッセオとかフォロ・ロマーノとか歴史的遺産がたくさん遺されている。パリよりローマのほうが好きだと思った。

3時半頃ミラノを出ると、バスは忽ち濃い霧に包まれる。名物のアルプスおろしだという。瞬く間に暗くなり、視界はゼロとなる。厚く霧が立ち込める中を、茫と滲むヘッドライトのみを頼りに、バスはゆっくりと進んで行く。車内のライトも消され、死の世界に紛れ込んだような感じ。怖いような感じもあったが、その暗い、現実の世界の出来事とも思えぬ行進を、私は目を閉じて楽しんでいた。

明るくなり、人々の声が騒がしくなって目を開けると、そこはドライブインだった。生理的欲求でバスは止まり、そして人々は洗面所に入るのだが、バスに戻って来る人はみな、両手にいっぱいの食べ物を抱えている。

またバスは、暗闇の中に走り出す。前方にぼんやりと霞む明かりが見えると、ガイドが、あれはどこそこの街の灯だと説明する。だが、その灯に近付いても、そこが一つの集落とは思えないほど、寂しい幽かな光を、たちまち暗黒の中に没してしまう。不気味とも素晴らしいとも思える長いバス旅行を終えて、フィレンツェのホテルに着いたのは、予定を大幅に過ぎた8時。

妹たちが着いているはず。少しの間、彼女らは、私たちのツアーに合流する予定なのだ。彼女らの部屋へ行く。小さな予備のベッドの上に立っていた甥の利くんが飛びついてきた。びっくりしたが、私も彼を抱き締める。涙が出てきた。人見知りの強い子だが、久し振りに日本人しかも伯母だったから、嬉しかったのだろう。

次の日、午後は自由時間。妹と二人だけでホテルを出ると、地図を頼りにアカデミア美術館に向かった。ダビデに会うのだ。途中メディチ家の館や廟があったが、無視。アカデミアを目指す。

アカデミアは小さな美術館だった。午前中に見学した広い広いウフィツィ美術館とは、比べものにならない。それだけに落ち着いた雰囲気があった。建物に入り、右手の部屋で入場券を買って、左手の扉を押すと、もう正面にダビデがいた。その前に進んだ。予備知識では、敵を睨みすえ、石を投げつけようとしているポーズだと。確かにその体には、力が満ち溢れ、精神の張りも感ぜられる。だが右手に動いて、顔を正面から見た時、私は胸を衝かれた。その顔は憂いに満ちている。眉間に皺を寄せたその表情は、何かの痛みに耐えているように見える。これまで、ミケランジェロのダビデの像は、雄々しさを表現したものだとばかり思っていたので、この発見は、思いがけないものだった。でも満足だった。

妹と二人で観たというのも、より思い出深くなっている。

小さな喫茶店でコーヒーを飲んだ。外国の歴史的な街で、妹と二人きりで、喫茶店に入っているのは、不思議な感じだった。

ローマの大きなボルゲージ公園で、四歳と二歳の甥と、降りしきる木の葉を浴びながら、積もっている木の葉を掬ったりして遊んだことが懐かしい。

ポンペイの廃墟の街を一緒に歩いた後、彼女らと別れる。

彼女らはバーゼルへ、私はギリシャへ。


ギリシャでは、空港で怖い経験をした。

戒厳令が発令中だったギリシャ。私だけカーテンの中に連れ込まれ、ボディチェックされた。私が着ていたコートが、過激派がよく着るようなものだったかららしい。

ホテルも、夜間外出が禁止されているので、従業員を早く帰宅させねばならないからと、夕食が早めだった。


次の日。烈しい風の音で目が覚めた。アテネは風が強いと聞いていたが、風のみか、雨の音も混じっているようだ。

室内は暗かったが、カーテンを開けると、向かいのビルの部屋には明かりがついていて、ワイシャツ姿の男性が、既に仕事に入っている様子だった。

そこには生活があった。戒厳令下でも、普段の生活があることに、私は安堵した。

素晴らしいパルテノン神殿を、充分味わうことができた。

全ての旅程を終えて、私は無事帰国した。

何も波瀾がなかったわけではない。

予定していたミラノのホテルがストをしていて、急遽アオスタというところのホテルに変わった。私はソーベル家を訪ねたため、オペラ座へ行けなかった、など。

最も悔しかったのは、モンブランに登れなかったことだ。

バーゼルの妹の家を訪ねることを断念してまで、望んだことだったのに、風が強くてロープウェイが動かず登れなかったのだ。

モンブランの代わりに、登山鉄道で氷河を観に行った。これはこれで得難い経験だった。

この外国旅行のことはとても強い思い出となっており、この時のことをたくさん歌に詠んだ。


仰ぎ見れば白き冷たきモンブラン我を拒みて風の中に立つ

太古よりの時の流れを凝結して蒼き氷河の横たわりおり

陽を浴びて白雪冠りしアルプスの山並輝くアオスタの朝

ただ立ちて人々の視線に晒されいしダビデの面の憂い深しも

フィレンツェの鄙びし街にスイスより来し妹と日本よりのわれ

降りしきる木の葉を浴びてボルゲージに幼さならと憩う旅のひととき

明快に食べて愛して歌あれば満足なりとふイタリアの人

落陽に赫く染まりしナポリ湾世界三大美港その名に恥じず

フランスの友と過ごしし夜楽しルーブルよりもベルサイユよりも

うからからに心のこしてわれ行けり怠惰な日々に訣別せんと

この旅行が実施されたのは、昭和48年の秋、狂乱のオイルショックの時期。帰途の便は、南回りのコースだった。給油のためインドネシアに飛行機は降りたが、乗客は空港内に留め置かれた。

日本では、物資不足で人々はパニックになり、トイレットペーパー、洗剤、砂糖などの買い占めに走って、大騒動だったようだ。

我が家は、私が長く家をあけるので、トイレットペーパーなど買い置きをしていた。おかげでその騒動に捲き込まれずに済んだ。

この年の春に市川から東京都下に引っ越しをした。夫の会社が、目黒から、埼玉県入間市に移ったからだ。

烈しく、様々なことを経験して大きく変化した年だった。

たからもの

五十余年の結婚生活の中で、とっておきの想い出といえば、夫が講演する国際学会が開かれるパリに連れて行ってくれたこと。彼が連れて行ってくれた唯一無二の旅なのだ。昭和50年の秋のことだ。

中学生と小学生の娘を置いて行くなんて、とんでもないことだったし、そもそも旅そのものに、興味がなかった。その頃は、落ち着いた〝日常〟がよかった。非日常の面白さを知るのは、ずっと後のこと。あまりにも遅過ぎて、肉体的に動くのが難しくなってしまった。もったいないことをしたなとちょっと思う。しかしその頃は、時間もお金もなかったけどね。レディースコースというのがあるから、ぜひ行こうと、夫に強く勧められて、決心する。姑は、夫のいうことに逆らわないから。娘らに一緒に行こうと言ったら、「まだ死にたくないもの」と断られた。尤もだ。彼女らには、無限の未来があるのだもの。

こうして夫と私は二人で飛び立った。

元気に出発したが、私は疲れていることを忘れていた。出発の日の午前中に、姑の年金のことで市役所へ行ったりしたのだ。２年前の旅程を恙無く過ごせ（パリ―ロンドンで気持ち悪くなったことを除いて、だが）、過信していた。乗換のオランダの空港に着いたら、もうヘトヘト。2時間も余裕があるのに、苦しい体をもてあまし待合室のベンチでごろごろして過ごした。パリの古びたホテルへ漸くたどり着いたら、ベッドに倒れ込んだ。『うん？　この前もパリに着いた時、こんな有り様だったっけ？』

ドアは硝子で外が見え、ガタガタと音を立てながら昇る古いエレベータ。部屋は広かった。浴室も広く、バスタブは舟形の優雅なものだった。建物を囲んで中庭があって、女の子がブランコに乗っていたりした。同じホテルに、阪大助教授の若いMさん夫妻がいた。パリに入る前に、一ヶ月ロンドンで語学留学をしていたという。

学会の前にルーブル美術館に行った。サモトラケのニケは観た。ミロのヴィーナスも。モナリザを観たかった。前の年東京に初めて来た時、大学時代の友人・R子と行った。東京博物館の前は凄い行列。漸く中に入っても同じ。ロープが張られていて、その通りにしか進めない。やっと絵の前に到達してもゆっくり鑑賞はできない。観に行ったという事実のみ。ルーブル美術館の中で、どのように展示されているのか、観たかった。彼も私も、絵画に深い興味を持っているわけではない。モナリザを観たいだけ。ルーブルは広い。

ところどころに立っている守衛さんに聞くことに。彼はフランス語ができる。ところが、自分で聞かないで、私にフランス語で聞き方を教えるのだ。幸い、私の言葉は通じたようで、モナリザの部屋にたどり着くことができた。小さい。あまりにも小さいのに、驚いた。広い部屋に、モナリザとあと一枚かかっているだけ。でも本場のルーブルでモナリザを観られて、満足だった。

学会が始まり、レディースはバスに乗せられ、観光が始まる。プチトリアノンの池のほとりを廻っている時、ただ独り参加していた広島大学のK教授が近づいてきて、「I・Yさんに似ていらっしゃいますね」と思いもかけない言葉を囁いた。I・Yさんとは、その頃もてはやされていた著名な京美人だ。とんでもないことではあったが、もちろん悪い気はしない。凱旋門で昼食。向かいに座ったロンドン大学教授夫人のRさんと親しく話し、アドレスも交換した。


楽しく観光して夕方、パーティー会場に到着。

パーティ会場のエントランスで、男性陣を待つ。皆さんはご主人が到着すると、二人で中へ入って行く。夫は現れない。イライラしていると、最後の最後にやって来た。中へ入る。料理は大分減っている。キャビアがあったらしかったが、影も形もない。食べたかった。もちろん食べたことなどない。食べたいと思ったこともない。だけど、本場のキャビアを食べてみたかったじゃない！　そういうことに、夫は全く興味なし。みなさんとの会話を楽しんでいる。

興味ないといえば、服装もそうだ。外国で、パーティがあるというから、和服を持って行きたいと言ったら、「よせよせ、荷物が重くなるから」と止められた。これから会う予定の友人知人へのお土産で、彼のスーツケースはいっぱいだった。たしかに和服一式を揃えると、かなりの量になる。私は諦めたが、東大助教授夫人のNさんは和服姿だった。N助教授はアメリカ留学中で、パリへ来るまでにアメリカ横断旅行をしてきたという。我らは、最安の飛行機で、最短の日程だ。サラリーマンが私用の旅なのだから、仕方ない。私も会話は嫌いでないから、そちらを楽しむ。

「岡田さんは凄いですね。フランス語で講演なさったのですが、一度も下を見なかったです。ずっと前を向いて、上手にフランス語で話されました」と若いM助教授が少し興奮気味に話してくれた。同じことをN助教授からも言われる。夫は語学に強い。マサチューセッツ工科大学の教授ご夫妻から声をかけられた。

「Mrs.岡田、会えてよかったです。彼は大したものですよ。今日もよかったが、いつも論文を拝見してますよ」とにこにこしながら仰った。誇らしかった。家に居てもいつも勉強ばかり。家族で遊びに行くこともない。一家団欒もない。その成果が出たということか。

私が外へ出掛けなかった理由は彼のせいばかりでないかも知れない。姑をおいて出られないというのが一番大きい。私もそんなに出たがりではなかった。

宴は終わり、その夜日本人だけ、小さなカフェバーに集まったが、夫は疲れたからホテルへ帰るという。私も帰ろうとしたら、「あなたはみなさんとご一緒しなさいよ」と言って、出て行った。若い先生たちも「行きましょうよ。ご主人もあのようにおっしゃったのだから」と誘ってきた。

一時間ほど歓談する。楽しかったが、独りだし、疲れもしたので、帰ることにしたが、さてどうやって帰ればよいかわからない。誰かがホテルに電話して、帰る方法を尋ねてくれた。その指示にしたがって、地下鉄を乗り継いで、無事ホテルに到着した。今のように携帯電話が普及しておらず、世の中も平和だった時代の話。

翌日から、観光が始まる。確か初日は、パリコレクションを見学する予定。それなのに私たちはパリコレクションの見学もせず、いよいよ彼の友人らを訪ねる旅に出る。

ゾーリンゲンに寄る

例によって、小さなホテルの小さなレストランで、初めて生の牛肉のたたきを食べた。美味しかった。次の日、夫は、アポイントメントをとっている刃物の会社に行くことになっている。ホッぺさんを訪ねる前に、髪の手入れをしたいというと、彼は調べて、街の普通の美容室を見つけてくれた。

お店のドアをノックすると、ドアを開けた女主人らしき人が驚いた顔をした。それは、そうだろう。中年のアジア人の男女が立っているのだから。

「妻の髪の手入れをしてやって欲しい。シャンプーとセットをお願いします。私は用事を片付けて、2時間したら、迎えに来ます。その時お支払いします。よろしくお願いします」と言い置いて、夫は立ち去った。私は鏡の前の椅子に案内された。間違いなく初めて対する東洋人だと思うのだけど、優しく接してくれた。鏡の前にシャンプー台があって、シャンプーする時は座ったそのまま、体を前に倒すだけ。全く体を動かすことなく、そこに座ったまま、シャンプーをし、きれいにセットしてくれた。

終わって夫を待つ間に、私は持っていた簡単な会話本の中の「洗面所を貸して下さい」を示した。そんな習慣がないことは知っていた。公衆トイレを使う時はお金がいる。掃除を含めて管理をしている人がいて、その人にお金を渡してから使うことができる。
でも美容室の方は気持ちよく使わせて下さった。貴重な楽しい経験だった。

まぼろし

外国人の知り合いの中でも、夫と長く付き合いがあったのがドイツのホッペ夫妻である。ハノーバー近郊のシュヴァルムシュテットのホッペ家に二晩泊めて貰った。豪華というのではないが、広々としたお部屋、何より羨ましかったのは、電化設備の整った台所だった。私はすぐ、ホッペ夫人ティアさんが好きになり友情を育むこととなった。女の子と男の子がいて、彼らも可愛かった。ホッペ夫妻はのちに来日した。また、我が家の長女も何度か訪ねることになり、家族ぐるみのつきあいとなった。

ホッペ一家と別れてベルギーへ向かう途中、フランクフルトに寄るという。ハイデルベルクを私に見せたい、近郊にある会社を訪問したい、ということでだった。

フランクフルト駅に到着。案内所でホテルを紹介してもらい、渡された地図を頼りにホテルへ。チェックインして荷物を置くと、駅へ引き返す。私がすたすたと歩くと、夫は「どうして、そんなに自信があるの？」と不思議そうにいう。

「だって、今歩いて通ったばかりじゃない。あなたこそ、さっき地図を見て、迷わずホテルに着いたじゃないの。私地図を見るのは、駄目だもの」

二人で一人前ということかも。

ハイデルベルクでお城の丘に登り、『アルト＝ハイデルベルク』で有名な大学をちらと見て、フランクフルトへ。駅のレストランで食事をしてホテルへ戻る。並木通りに面したこぢんまりした佇まい。

夜中、「マリー、マリー」と呼ぶ女の人の声が聞こえて、目が覚めた。そっとカーテンのすきまから覗くと、フラフラと歩いている女の人が薄暗い街頭に見えた。

「娘が家出でもしちゃったのかしら」

しばらく見ていたが、誰も来ず、声もそれっきりなので、私もベッドへ戻った。翌朝、夫に尋ねると、何も聞かなかったという。朝食にダイニングルームに下りて行くと、大柄な男性らが、テーブルを囲んで、静かに、ナイフとフォークを使っている。珍しそうに私たちを見たが、昨夜何かがあった気配は感じられない。夢か幻か。でも今でもその声はしっかり耳に残っている。

フランクフルトからローカル線で二駅で降りて、夫はある会社を訪ねるという。調べて来て、気になる会社だそうだが、アポイントメントはとっていないという。昨夜のホテルといい、外国なのに意外と平気だ。その駅まで一緒に行ったが、私が会社に付いて行ってても所在ない。フランクフルト市内にゲーテの生家があると聞いていた。フランクフルトへ引き返し、そこを訪ねるのがよいということになる。

フランクフルトへ行く列車に私を乗せると、「タクシーに乗って『ゲーテハウス』と言い、帰りは『セントラルステーション』と言えば大丈夫。２時間後に、セントラルステーションの朝乗った場所で会おう」と言って別れた。

ゲーテハウスに行って見学するところまでは順調にいった。

ゲーテハウスを出た時、近くの公園に、ベートーベンの胸像があることを案内書で見ていた。私の感覚ではすぐ近くだった。公園があると思う方向に歩いたが、ない。しばらく歩いたが見つからない。引き返そうと思ったが、今度はゲーテハウスが見えない。タクシーに乗ろうと思ったが、タクシーが来ない。助手席に人が乗っている。後ろの座席には誰も乗っていない。手を挙げても、止まらない。どうしよう！　途方にくれた。誰も知ってる人がいない街。ドイツ語が全く出来ない。

蒼い顔をしてウロウロ歩き回っていたのだと思う。一人の中年の婦人が近寄って来た。「Can you speak English ?」と話しかけてくれた。

どんなにほっとしたことか！　今思い出しても、冷や汗が出る。もし誰も声をかけてくれなかったら、どうなっていただろう。

無事に駅で夫と合流。彼に会えてほっとするも、彼の言動に腹を立てる。

ライン下りをしようと、朝、夫は言った。私は楽しみにしていた。フランクフルト駅で列車に乗った時もそう言っていた。訪問先から戻って来る時に知り合った人が一緒に乗ろうと言ったと。私は楽しみだった。マインツから船に乗ることに。しかしマインツで降りなかった。何故乗らないかの説明もなかった。そして彼は、知り合ったと言う人とばかり話している。悲しかった。

私の心は壊れかけていた。パーティ会場に最後に来て、キャビアを食べられなかった、日本人出席者の集まりに、顔を出さなかった、会の日程を無視して、さっさとパリを離れた、私を強引に連れて来たのに、私の希望は無視。たまに「ライン下りをしよう」と喜ばせておいて、実行しない。そのことについて、説明も釈明もない。私は、自分が口にしたことに縛られる。だから言っておいて、スルーする感覚が理解出来ない。せっかくパリにいるのに、ジュエリーや洋服を買ってやろうということが、ちらとも彼の頭に入って来ることはない。自分の専門のこと、仕事のこと以外に頭は働かない。この世にそういうものが存在していることすら、知らない。私も宝石などに興味はないからいいのだけど、度重なると、さすがに腹が立つ。

特にその時は、迷子になって怖く心細く、彼に、包み込んで欲しいのに、知らん顔して、知らない人と歓談している。私なんかどうでもいいのね！　窓外に現れては過ぎ去り、また次のが現れる古城を悲しく眺める。ああローレライの岩だわと見る。

「ブリュッセルで降りないで、地の果てまで行ってしまいたい！」と強く思った。

実行はしない。できる筈もない。勇気がない。何より娘たちがいる。私の心の中で、嵐が吹き荒れていることに、夫は全く気がつかない。何事もなかったように、ライン下りをしようとなど言いもしなかったように、にこにこと、出迎えのディグナットさんと握手している。私はと言えば、こう言う時、仏頂面が出来ない。それに、ディグナットさんの柔和な顔を見て、私は癒されていた。異国で、しかも、知ってる人、我が家に泊まったことのある人の顔を見て、どんなにほっとしたことか！

森の中のこぢんまりしたホテルに案内される。

心身共に疲れはてていて、ほとんど食事も取らず寝る。朝になったら、大分元気を取り戻していた。ディグナットさんが迎えに来てくれて、大学に行く。夫と旧知の教授がたと話しをし、食事をしているうちに、私はすっかり元気になり、楽しんでいた。ディグナットさんはじめみなさんがとても優しく私をいたわって下さったからだろう。教授らに別れを告げ、ディグナットさんの車でドライブ。北海沿岸の避暑地オステンドで、保養している彼の家族に会いに行ったのだ。別荘が並ぶオステンドで、チャーミングな奥さんと可愛い女の子と奥さんのお母さんに会う。私たちの訪問がなければ、彼もきっとそこで過ごしていたのだろう。また長時間運転して戻り、疲れたことと思う。私たちは、後部座席ですっかり寝込んでしまっていた。

帰途、トランジットのため、コペンハーゲンに寄ることになる。時間があったので、有名な人魚姫の像を観に行ったのも、いい思い出だ。大喧嘩もしたし、一人で地の果てまで行ってしまいたいと思ったりしたし、楽しいばかりの旅ではなかったが、結婚生活の中で、最も輝いている一頁だ。

自分の専門以外関心を持たず、自分勝手な人だったし、それが際立っていた旅だったが、語学が堪能だから、外国のどこに行っても、不安はなかった。時刻表をみるのも上手だった。もう一度夫と外国旅行をしたかった。たった一度しか連れて行ってくれなかったのは、ひどいと思う。

しかし海外に行ったり外国の知人たちと交流できたことはとても幸せだった。

夫にもろもろ不安や不満もあったけれど、この頃までは、安定した生活をしていたと言える。

暗転す

ところがである。

結婚20年後、夫は突然脱サラして、香川の父祖の古い家の長屋門で起業したのである。

高松の家を、彼の父の姉、つまり伯母であるムメノさんが守っていた。彼女は一人で高松の家に住んでいたので、くも膜下出血で倒れた時は、東京から介護に通った。駅前の厚生病院に入院していたが、長引いて経費が大変だろうと、役場の人が満濃荘という施設へ入れる手続きをしてくれた。

彼女の葬式の喪主を私たちが務めた。山の上の簡素な焼き場で、彼と私が火をつけたのは、忘れられない出来事だ。

ムメノさんは一度嫁いだが、夫が浮気をしたので、娘をおいて帰って来た。

高松の家の東側の土地は彼女の名義だったので、どうかしておかないと実の娘の物になると、まわりの人たちが心配してくれた。農地だったので、相続する人は実際に農業をする人でないと駄目だと。姑は年寄りで、彼は会社に勤めているから、いずれも駄目。で、私がやることに。町と県の農業委員会の審査を受けねばならないという。私は籍を移し、税理士さんの所に通い、口頭試問の勉強をした。高松市に合併前の町役場の人は、事情をよく知っているので無審査で通過。県のほうは、心配した実家の父がいろいろ手を尽くしてくれて、無事合格。仁美名義となった。

起業して資金繰りに困った時、夫はその土地を売った。そのために私は高額所得者として税務署に貼り出されたらしく、全国あちこちからいろんな寄付の要請等が来たが、私は一銭も受けとっていない。どころか一週間千円で暮らしてた。部活の後友だちとお茶をする時一番安いものを選ぶという高校生の次女に、私の妹がお小遣いをくれたりした。

後年、その土地の話が出た時、「会社が大変だったから使った」と夫は平然と言い、あの土地を岡田のものにしておくために、私が払った努力や苦労が、全く頭に入っていないことに、愕然とした。悲しかった。腹立たしかった。あんなに情けなかったことはない。

土地のことで奮闘していた時、姑が、「あなたがお嫁さんでよかった」と初めて言ってくれた。嬉しかった。苦労が報われたと思った。

私は東京の会社員と結婚したと思っていた。姑が同居のことは承知してたし、覚悟もしてた（本当は甘い気持ちだったけど）。しかし高松の家のこと、ムメノさんのことなど、何も聞いてなかった。

もちろん脱サラして起業するなんて思いもしなかった。

ましてて夫の死後まで、その家に縛られるなんて！

あの時購入を勧められた高額所得者名簿は、見てみたかったなあ。市販されてないものだから。当時金銭的に余裕がなく、買えるわけがなかったが。


夫が高松に移住しても私が東京にいたのは、娘たちが学校に通っていたこともあるが、東京の家が、夫の会社の東京連絡所だったからだ。起業することについて何の相談もなく、「一緒に行こう」も「一緒に来てくれ」もなく、自分だけ香川に飛んだ。

それでいて、あれをしろこれをしろといろいろさせられた。晴海の展示場やビッグサイトに展示品を出した時は、一人で会場に行かされた。1メートルくらいの高さの専門書を積み上げて、これを読んで勉強しろと。もちろん日当などなし。交通費すらなかった。

自分の会社と思っているから、経費なんて考えもしなかった。私も、創成期でお金も人も足りないのはわかってるから、頑張った。

その頃は、四国の田舎の電話番号には誰も連絡してこない。東京の自宅が主な連絡先となっていた。さまざまな電話がかかってきた。

すぐ現金化できるからと泡風呂（自宅の浴槽用の泡が出る器械）を発売した時は、1日中電話がなりっぱなし。保健同人社の人なんて、多摩地区の自宅まで買いに来た。領収書をくれと言われて戸惑ったのを、よく覚えている。勤めた経験がないのだもの。

仕事以外でも、彼にとって大事な方々のお葬式に、代わりに参列したこともあった。

今思い返すと、夫は相談もなく勝手に起業したのだから、こんなに協力することはなかったのだ。だが当時は家族のため、娘たちのため、言われたことをやるしかなかったし、やってしまうのは私の性格。

家のローンは払っている。おばあちゃんはいる。子供の学校。どうやって暮らしていくと思ったのだろうか！

苦労かけたとか、よく頑張ってくれたとか、一度も言ってもらったことがない。たまたま近くで友達が事業をやっていて、そこで働かせてもらい、収入を得た。親に貰ってた貯金を取り崩した。泡風呂をお友達に買って貰った。これは特許もとってる優れものだったから、好評でよかったけど。

娘たちのためだと思えば何でも出来た。彼は、あれを売れこれを売れと私に言ったけど、自分で売らない。いろいろ開発したが、元はとっていない。

彼をあまり悪く言いたくはない。自分も惨めになるから。でも……。

香川の展示会にやはり一人で出た。

こういう時、まわりの人と仲良く話しいろいろ助けて貰って楽しく頑張った。

長女が小学校6年生の時、担任の先生から、この学校に短歌部を作りたいので、協力して欲しいと言われ、友人知人に声をかけた。十数人集まり、毎月一回の勉強会を始めた。その先生が『吾妹』の同人でいらしたので、私たちにも吾妹に入るよう勧められて、長女の卒業で、小学校を離れ、住所も市川を離れ東京に移ったのを機に、同人になり、毎月一回10首をひねり出して、投稿を続けていた。だが、夫が起業して短歌作りどころではなくなった。

読んだり書いたりと文字が大好きだったが、お金がない、時間がない、そして何より心の余裕がなくなり、短歌をやめる。新聞の活字さえ、いっとき読むことができなくなった。私の唯一の拠り所の活字に見放された。ショックだった。

その後父の死、母の施設への入所、跡継ぎの弟の発病と死、とさまざまな辛いことが、私を襲った。目の前で起こることに必死で対処して日日を過ごす。

母が亡くなって、一息ついて、短歌を作ろうという気持ちが生まれた。やめてから何年も経っていた。そこでNHK学園の初級クラスに入った。日々起こること、それに対して感じることなどを詠む。日記であり、歴史である。それから短歌は続けている。

本も読めるようになり、暇があれば読めるようにいつも携帯している。

休みたい

夫が事業を始めてからかかった病気。心因性心筋梗塞、バセドー病。バセドー病になった時は、一気に10キロ痩せた。顎関節症。五十肩は左右二回やってる。腰は20代に痛めてる。左膝の捻挫は、彼が外から私を無理に呼んだから。胃潰瘍。掌蹠膿疱症。ストレスが原因のものばかり。

特にバセドー病。

平成元年の春、高松にいたある日のことだ。その顔をみてびっくりした。自分でない気がした。高松駅のトイレだった。ずっと田舎の暗い部屋の鏡しかみていなかったので、自分の顔がそんなになっているなんて気づかなかった。

東京から来た次女と高松駅で待ち合わせていたのだが、私の顔を一目みて、彼女は一瞬絶句した。

「どうしたの!?」

どうしたのかわからない。いやそこでわかるべきだったのかも知れない。

眼がギョロリと鋭く大きく、まぶたが腫れたようになって、頬がこけていたのだから。

バセドー病という名前は知っていた。

でもまさか自分がその病にかかるとは、思いもかけぬことだった。5月のことだった。6月に入って帰京すると、病院に行った。その頃市の胃癌検診でひっかかって、癌研究会病院に通院していた。胃の激しい痛みは続いていた。診察日に行って、10キロ痩せたと告げると、先生は慌てた。癌を想定して、さまざまな検査をした。しかし異常な数値はでなかった。

バセドーでは？　とそこへ行きつくまでに3ヶ月かかった。

癌研究会病院は、癌専門の病院だから、他の病院を受診するように、と言われる。丁度甲状腺の病気で通院していた友人のFさんが、虎の門病院のO先生を紹介してくれた。

先生はすぐバセドー病と見立て、その方面の検査して、バセドー病と診断された時は、10月になっていた。

信じられなかった。こんな病気にかかるなんて！

手は震える。声は震える。心臓はドキドキ。すごく痩せた。

そして何より人相が変わった。夫は獣みたいな眼だと、苦しんでる私に非情に言った。

癌だと思っていたのよと、後で何人もの人に言われた。記憶力も落ちた。妹の家の電話番号を忘れた。このまま呆けてしまうのではないかと、恐怖心に捉えられた。

あれから30年。通院の甲斐もあり、今は良くなったが、50代にこの病になったことは大きかった。それでなくても老いの坂を下っていたのに、急坂を転がり落ちる感じで、さまざまなことが衰えた。

遺伝が原因と言われたが、父方にも母方にも甲状腺疾患のあった者はいない。ストレスが原因とも言う。それなら心当たりは数限りなくある。姑との同居。夫の身勝手な起業等々。

夫が起業して以降、大変な経験は多くしたが、その中でも記憶に強く残っていることは、ホッペ夫妻をもてなした時のことである。

楽しくも

ホッペ夫妻が来日したのは、夫が起業した後のことだ。夫も所属していた学会が招聘したのだ。夫は、工学博士の学位を持っていて、幾つかの学会に所属していた。

学会終了後、夫が個人的にホッペ夫妻のお世話をすることに。私も同行して日本中を旅することとなった。

高田馬場駅前のホテルにチェックインしたのだが、その日たまたま周辺のお祭りで、御神輿が出たり賑やかで、二人は喜ばれた。上野不忍池の近くの蕎麦の名店に案内する。最初から上手に箸を使って、ざるそばを食べた。私がフォークを借りようとしたが、必要ないと断られた。翌日ホッペさんが八重洲のホテルで講演をしている間、私はホッペ夫人のティアさんを皇居へ案内した。英和辞典と和英辞典を手にして。

次の日から苛酷な日本縦断の旅がはじまったのだった。

最初は上諏訪。宿屋で出された馬肉の刺身も、何の抵抗もなくお二人は食べた。温泉につかり、あの有名な諏訪湖の間欠泉も見ることが出来た。次は岐阜県中津川。夫を敬って下さる取引先のN社長が用意して下さった豪華なホテルに宿泊し寛いだ。

次の名古屋は大変だった。学会があって人がたくさん集まって、思うようなホテルが取れなかった。私たちの部屋もダブルだったが、大柄なお二人はどんなに窮屈だったことだろうと、あとで本当に申し訳なく思った。総じてこの時の宿泊場所は、あまり上等とは言えなかった。予算の加減が一番だが、私たちの知識の乏しさも大きかった。夫は非常識だし、全く旅をしない私は無知だった。今ならもう少し上等の旅を提供できたのにと残念でならない。

仙台では楽しいことがあった。義姉の夫が東北大学の教授をしていたため、仙台に住んでいた。義姉夫婦が仙台名物の牛タンの名店に連れて行ってくれて、三夫婦で歓談したのは楽しい思い出だ。東北大学のＳ教授がご馳走して下さったランチも楽しかった。

近江八幡も楽しかった。夫の知人が用意して下さったホテルは、シックで広くて快適だった。強行軍の旅を本当に癒してくれた。

高松に戻った時、日程を見た社員から、「これじゃ、奥さん死にますよ」と言われたくらいびっしり詰まっていた。夫は、あの人に会わせたい、彼処も観せたいと善意だったのだが。日本を発つ前日は東京。夫の作った計画に従って明治神宮を案内しようとしたら、「伊勢神宮に行ったし、もういいわ」と言うので、明治神宮ではなく、渋谷の東急本店へ行った。

男性陣が仕事をしている間は、ティアさんと私は近辺の観光していたが、この日はデパートの喫茶室でお茶を飲みながら語り合った。お二人は大学の先輩後輩だったと言う。

「彼のお母さんが、結婚した時、私が在学しているのが気に入らなかったの。それで私は中退したのよ」

「そうだったのですか」

「そうなの。だから、娘のカタリーナには、ちゃんと4年間学ばせたいと思っているわ」

ドイツにも嫁姑問題があるのだと感慨深かった。もう辞書を持っていなかった。ティアさんの言ったことが、この通りでなかったかも知れない。彼女とは、本当に心が通じあった。長く文通をしていたが、いつしか疎遠になってしまった。近くに住んでいて、頻繁に会えたら本当によかったのだが。会いたかった。

神の選択

三浦朱門さん、半藤一利さん、藤田宜永さん、皆さんずっとお家で手厚く看護されていたのに、最期の瞬間は、どの夫人もみていないという。

父、弟、母の最期は、刻々と変化していく顔色や唇等見守っていたが、私も夫の最期には立ち会えなかった。

私は東京にいた。夫は高松。彼が高松に会社を創ってから、私は東京と高松を行き来する生活を30年続けていた。私の住民票は東京。夫は私たちを東京に放って、父祖の地に会社を創ってそこに居を移した。私は病気を抱えていて、主治医は虎ノ門病院のO先生。思いもよらずバセドー病にかかり、虎の門の内分泌科にかかる。そこからさまざまな科にかかる。胃は、毎年内視鏡検査。生検も何度もしている。腸の検査も。心臓がおかしくて循環器科へ。呼吸器科へも通った。肺気腫を疑われたこともある。耳鼻科整形外科にもお世話になった。心療内科へ行ったこともある。ここは一回で追い払われたけど。

だから高松に移り住んでしまうわけにはいかない。

ほぼ一月おきくらいに行ったり来たりする生活を続けていた。

のちに娘に「パパが勝手に起業したんだから、こっちに来ないでずっと東京にいても良かったんだよ」と夫の前で言ってくれたことがあったが、私はやはり夫を放っておいてずっと東京にいるということは出来なかった。

そして平成22年の秋、夫は車を運転中に田んぼに落ちるという事故を起こし、それから体調がどんどん悪くなり、一人にすることが難しくなった。私は高松に居ることが多くなった。しかし通院もあるし東京にも帰らなければならない。

それと私の心身の休養のためもあり、娘たちがスケジュールを組んで、交替してくれていた。

そんな生活が4年ほど続き、平成26年の夏、夫は逝った。

私の次に次女、そして長女が交替するために高松へ行って、娘二人が高松にいる時に、夫は息を引き取った。

だいぶ弱っていたので、亡くなった時の段取りを準備し、葬儀社も決めていた。

田舎の旧い家なので、お寺さんもすぐに来て枕経をあげて下さった。葬儀社もすぐに来て、葬儀の準備を始め、社員も来て枕辺に座ってくれた。

私は、妹に頼んで東京駅まで送ってもらった。妹は私が座席に収まり発車するまで、付き添ってくれた。取り乱しはしなかったが、尋常な精神状態ではなかったので、妹が付き添ってくれたのは、有り難かった。

坂出駅には次女が迎えに来てくれていた。家に着いてからは、怒濤の流れ。葬儀は社葬というかたちになった。

私にとって、三回目の喪主だった。旧い家を守って来た夫の伯母ムメノさん、母綾子さん、そして夫と。姑せいさんの時は夫が喪主だった。

父の時、喪主は弟だったが、準備から後始末からほとんど私がした。

いっぱい葬式を出したから、慣れていると思っていたが、それぞれ規模もやり方も違うから大変で、終わると高熱を発して寝込んだ。

夫の葬儀

お通夜も告別式も、社員、取引関係の人、研究部門の知人友人など、大勢の人が参列して下さって、よいお見送りができたと思う。

葬儀社の人も、夫の来しかたを、娘が揃えた写真で、見事にまとめてくれていた。

弔辞は、三人の方にお願いした。


まずN氏。

夫の会社は、有限会社だった時の夫の技術と、和洋瓦製造のW社の資力が合体すれば、素晴らしい会社が出来るだろうと、県が仲立ちして下さって株式会社として創立された。

創立記念式の日、私は受付に立っていた。

九月の初めで、残暑が酷しかった。

近年の酷しい酷しい暑さに比べたら、残暑酷しいなんて言えないけれど。

子宮筋腫を持っていた私は、自分の匂いが気になって仕方なかった。ずっと立ち続けていると、どうしても出血がある。

肉体的苦痛と精神的それとで、大変だった記憶がある。

でもそれ以上に、来賓の皆さまの、心のこもった賛辞と激励に、気持は高揚していた。

W社から来てくれたのが、社長の甥のN氏。彼は、後々社長になって、わが社を隆盛に導いてくれるはずだった。

ところが、瓦産業の衰退に伴って、W社は引き揚げてしまう。N氏も、わが社を去った。

そのN氏の弔辞は、思わぬ形の敬意だった。

「会長は有能な経営者でしたよ。彼は学者で、開発の面では優秀、特許も持っているが、経営の方は駄目だとよく言われていましたが、そんなことはないですよ。会長、お金が足りなくなったんですがと言えば、即座に用意してくれました。会長、あなたは優れた経営者でしたよ」

N氏の言葉は思いがけなくて、とても嬉しかった。

そして思った。だから、我が家にはお金がないのね。

次のH氏は、株を持ってくださり、いろいろと支えていただいているU社の、わが社担当の役員で、私個人もとてもお世話になっている方だ。

「会長が研削業界に遺された足跡は、誠に偉大なものがございます。常に新たな研削に取り組み、研削業界及び砥粒業界をリードして来られました。新たな砥粒開発のため、ご指導頂きながら、一緒に研究させて頂けましたこと、この上ない喜びでありました」

と、彼の研究開発の面の功績を述べてくださったのは、私も、この上ない喜びだ。彼の本領発揮の分野だから。

三人目は韓国の実業家・キムさん。彼の会社と夫の会社は取引がある。

キムさんは、「私が今あるのは、先生のお陰です」と、夫を敬ってくれて、夫の生存中は、彼の誕生日には、わざわざ高松まで来てくれていた。

夫の生前だけでなく、夫の死後、私にまで、とても気をつかってくれ、折に触れさまざまなものを送ってくれる。高級な朝鮮人参茶や、滋養剤など。或る年のお正月に届いたのは、綺麗でしっかりした、見るからに高級そうな函に詰められたお菓子だった。お礼の電話をしたら、「伝統的なお正月の函なので、奥さん、便箋なんかを入れて使ってください」と説明してくれた。

韓国の時代劇ドラマで、この函やいただいたお菓子と同じものが出てきて、家族で盛り上がったものだった。

彼は祭壇の遺影に向かって、日本語で一言。

「先生、どうもありがとうございました」

そして深々と頭を下げた。

心に沁みるキムさんの一言だった。

妹も、のちにあの挨拶が一番心に沁みたと言っていた。

皆さん夫を讃えて、よい言葉を贈って下さったのに、私の喪主挨拶ときたら！夫が何の相談もなく突然創業した。家のローンを払い終わっていないのに、何の手当もしてくれなかった。など、愚痴ばかり。とても恥ずかしい！

いろいろご迷惑をおかけしましたことと、お詫び申し上げます。これからも、弊社をよろしくお願い申し上げます。とだけ言えばよかったと、後悔している。

高松のお雑煮は、塩餡入りのお餅を白味噌で仕立てる。

ある時、餡入り餅の入っているうどんを出すお店を見つけて、二人の女子社員と私と長女の四人で行こうと計画していた。

それを知った男性陣が加わっていいかと言っているんですが、奥さんいいですかと、経理のSさんが訊いてきた。いいよと答えたら、車二台、十人の大人数になってしまった。安いおうどんだから、支払えてよかった。

その帰途、観音寺市の有名な銭形砂絵「寛永通宝」を見に行った。有明浜の白砂に描かれた、周囲３４５メートルもあるという大きな砂絵を、山の上から眺める。

この砂絵を眺めると、健康で長生きし、お金に不自由しないと言い伝えられている。

宝くじを買った。当たらなかったが、何とか生きてこられているのは、ご利益を受けているのかも知れない。

この時山の上で、三々五々立ち話をしていると、告別式の話になった。

私の側にいた一人の社員に、「家のローンを払い終わってなかったと言ってましたね」と言われ赤面する。


弔辞を読んで下さったＨ氏には、後日別のことを言われた。

「一回だけ連れて行って貰った旅行が、パリの学会とは！」と、呆れた顔をされた。

規格外というか非常識と言うか、夫は普通の物差しでは測れないひとだった。

「特許を六つも持っているし、岡田さんのような立派な方が、お客さまにいらっしゃって、誇りです」と、銀行の人に言われたことがある。

彼は自分のやりたいことに邁進した。外国の友人にも、最後まで誠意を尽くした。

だから、家族に振り分けるエネルギーがなくなってしまう。

ある時夫は真面目な顔で、私に言った。

「あなたは、俺には立派過ぎるんだよ」

この言葉が、彼の口から出たのは、一度ではなかった。

私は、彼の重荷だったのだろうか？

「世の中は、何事も物の見方ひとつで、白であったものが黒になるし、善も悪となり、悲劇も喜劇となってしまう」（『池波正太郎の映画日記』）

つなぐもの

葬儀、というと思い出す光景がある。

父方の祖父・小野寅吉の葬儀は盛大だった。四国中から花輪が集められたそうで、広い庭の中は勿論、長い塀に沿っても並べられた。参列者が多くて、葬儀の時間も長かった。

祖父の棺は、大勢の人に担がれて、墓地まで運ばれ、土の中に埋められた。当時は土葬だった。祖父が亡くなった日は、小学校の遠足の日だった。朝目覚めると母が、「今日は遠足に行けないね」と言った。「えっ、何で？　雨が降っているの？」と私は聞いた。母は静かに言った。「おじいちゃんが亡くなったのよ」

「嘘！」

「本当よ」


祖父は80歳で、市長選出馬の準備をしていた。前日もその話し合いで、わが家に来ていた。夜になって、また明日と言って帰って行った。元気いっぱいだった。亡くなったなんて、信じられなかった。心臓麻痺だったという。医者である父は、なすすべもなく、父親を逝かして、すごいショックだったと思う。

新居浜市を南北に流れる国領川の東岸地域は、広い土地がありながら、昔から灌漑用水の不足に悩まされ続けていた。多くの村人は、田畑の隅に深い井戸などを掘り、夜中の2時頃から起きて、毎日釣瓶で水汲みに励んだ。寅吉も、1杯1杯田畑に水を汲むのを日課としながら幼少時代を過ごした。青年期には、「人の二倍食べて人の三倍働く」を信条に、一農民として、村の発展に心を砕いた。その生き方は、村長から県議会議員を経て国会議員になっても変わらなかった。

寅吉の最大の事業は、水源を確保して川東地区へ水を引くことだった。それは寅吉が生涯をかけた夢であり、村人たちの強い願いであり、先人の遺志を継ぐことでもあった。最初にこの夢の実現に立ち上がったのが、県議会議員の山下市太郎であった。明治39年、有志らと吉岡家を訪ね、土地を分けて貰う内諾を得た山下は、すぐに「吉岡泉」掘削を県に願い出た。ところが、山下はその直後病に倒れ、後のことを寅吉に託し、他界した。寅吉は敬愛していた山下の遺志を継ぐことこそが、この世に生まれた自分の使命であると、その実現に全力を傾けることを誓った。だが、「吉岡泉」を開く許可を県に願い出たことが公になると、反対の声が上がり始める。「吉岡泉」の下流にある「高柳泉」を利用していた人々からであった。

「少ししか離れていない上流から水をとるのは無茶だ。高柳泉が涸れてしまう」

その声は野火のような勢いで広がっていった。水の尊さを骨身にしみて知っている寅吉だけに、反対住民の声を無視することはできなかった。

寅吉は県の専門技師を招いて調査を依頼。その結果は「高柳泉」に影響なしと出た。寅吉は県に掘削願を提出した。それからも順調だったわけではなく、激しい紛争は続く。寅吉は、誠実に根気よく、反対する人々に対した。その姿に心打たれ、手を差し伸べてくれる人々もいて、掘削許可がおりる。川東地区への用水路が完成したのは、大正13年のこと。山下県議の計画から二十余年を経て、ここに漸く川東地区を干魃から救う日を迎えることができたのである。人々の喜びや如何に！　寅吉の長年の労に対して、深い敬意と感謝を込めて、銅像が建立された。戦時に一度戦場に持って行かれたが、戦後再建された。

今も国領川の畔・岡崎公園の中に偉容を誇っている。地元のみなさんを見守るということで、北を向いて立っているので、予讃線から見える。車窓から銅像が見えて来ると、「ああ、帰って来たなあ」としみじみと思う。大学時代も今も変わらない。

祖父は、寅吉という名のごとく、顔も体もいかつい。怖い人という評判で、よく癇癪を起こしていたが、私には優しいおじいちゃんだった。東京へ行くと、おみやげは必ず本を買ってきてくれた。嬉しかった。私は本を読むのが大好きなのに、田舎にはあまりなかったから。

父・基道は、昭和18年新居浜市沢津町に開業するまで、工場に勤務する産業医だった。

開業後も午前中は、会社に出ていた。市の初代教育委員長を勤めたり、市の医師会長を長年にわたって勤めた。名誉市民第一号に選ばれていたので、亡くなった時は、市民葬が行われた。

父は書くことが好きで、随筆集を何冊か出している。医師会が父の一周忌に、A4ハードカバーの立派な本を出版して下さった。名誉医師会長だった関係で、医師会長のCさん、名誉市民だったのでI市長が、それぞれ父を讃える一文を寄せて下さった。裏千家淡交会の支部長、文化協会の会長を、それぞれ長く勤めたので、当時の支部長会長も立派な一文を寄せて下さった。5編の随筆、長い長い経歴、業績が編まれ、弟のあとがきで締めくくられている。立派過ぎて困るくらいの重さである。

母・綾子は明治生まれで四国の片田舎（愛媛県温泉郡、現在は松山市）で育ったのに、東京の大学で学んでいる。父親が代議士で、東京に家もあったから、そんなにハードルの高いことではなかったのかも知れない。母は短歌を嗜み窪田空穂の直弟子だったことを誇りにしていた。また彼女は、バイオリンやピアノ、三味線などを習っていた。私は短歌を詠み、妹はバイオリンを弾いていて、母のDNAを受け継いでいることになるのかも。

母もいろいろ活動していた。人権擁護委員、家事調停委員を、その制度が出来た時から務めていて、藍綬褒章を二度受章している。父も受章していて、私も妹も父や母に付き添って宮中に行ったことがある。

人様の役に立ちたい、お世話をしたい、という遺伝子は、確実に、私の中にも濃く流れている。私もＰＴＡの役員、子供会会長、地域の警察の母の会会長などを経験してきた。

先日松山へ行った折、椿神社へお詣りをした。私たちが「椿さん」と親しむ、伊予の名祠・伊予豆比古神社である。

山門のすぐ左手に、母綾子の父である祖父、岡田温の頌徳碑がある。祖父の功績を讃えた銘文が刻まれている。祖父は東京と松山を行き来し、それだけでなく、全国を駆け回って猛烈に忙しい日々を送っていた。それなのに、克明な日記を綴っていて、それがきれいに保存されていた。家を守っていた叔母が、それを松山大学の川東教授に寄贈した。教授は、細かい字でびっしり書かれた日記を丹念に読みとき、何年もかかって立派な本にして、出版して下さった。それを読んで、祖父の偉大さを、改めて、というか、初めて認識した。

岡田温は、愛媛県下ばかりでなく、帝国農会代表として日本全体の農政に、大きな影響を与えたということを、改めて知った。農政に携わる人々の指針となるような著書もあるという。

この頌徳碑の建立にあたっては、多くの人々の思いが詰まっている。温の死後数年、その遺徳を後世に伝えなければならないという声が地元から上がる。その声は愛媛県全体、そして全国に広がり、多くの協賛を得ることによって、建立にこぎ着けたそうである。温のふるさと石井村（今は松山市土居町）に、伊予豆比古神社がある。宮司さん始め関わる全ての皆さまのご快諾を得て、伊予豆比古神社に頌徳碑が建立されたのである。

温は〝ゆたか〟と読む。だが私たちは、「おんおじいちゃん」と呼んでいた。その字のごとく、温厚な人だった。

私が8歳くらいの時、一人で祖父の家に泊まったことがある。田舎の旧い家のトイレは、廊下のはずれで、雨戸の外にある。窓越しに、暗く繁った樹木が見える。気味が悪い。だから夜一人でトイレに行くのは、怖かった。おじいちゃんはいつも、夜中の私のトイレに付き合ってくれた。

また、お蔵の中の本を読むのが、楽しみだった。貰って帰ったものもある。

温おじいちゃんは口ひげをはやし、口をすぼめるようにして話す。寅吉おじいちゃんが、いつも口をへの字に結んでいたのとは、大違い。体も中肉で、威圧感はなかったが、ある種の威厳はあった。優しいおじいちゃんだったが、怖い時は、怖かった。


小野寅吉の銅像も岡田温の頌徳碑も、政治家や役人の発案ではなく、実際に彼らの謦咳に接して、彼らを慕い、敬う人々によって、建立されたものであることが、何より嬉しい。

二人の祖父が、同じ代議士として、知己であったことから、私の両親の結婚が決まった。

そして、私がいる。

母は、岡田家から小野家に嫁いだ。私は、小野から岡田になった。両方の岡田には、繋がりはないそうだが、不思議な縁を感じる。

母の姉で、温の次女・岡田禎子は、劇作家として活躍した。

禎子は、東京女子大を卒業後、東京大学の聴講生となる。卒業後岡本綺堂に師事して劇作家になり、かなりな活躍をみせた。小説も書いている。円地文子と親交があったようだ。伯母からよく、円地さんの話を聞いた。

戦後は、松山に戻って、愛媛県の教育委員をしたり、NHKの経営委員を務めたりした。晩年は、重度のリューマチに苦しんだ。私はリューマチの検査では陰性だが、その因子は強く持っていると言われている。書くことが好きという因子も貰っていると思うが、その「才能」こそ、濃く欲しかったと強く思う。

姑の死

昭和59年。

姑は、2年ほど前から、仙台の義姉のところで世話になっていた。

私があっちへ行ったりこっちへ来たり、奮闘していても、夫はあまり気に留めず、ムメノ伯母や姑のことを優先。私のことは二の次三の次。

それを見かねた義姉が、私が可哀想だと、姑を仙台へ連れて行ってくれたのだ。義姉が息子たちに訊いたところ「お母さんが面倒をみるのは当然でしょう」と言ってくれたそうである。


10月の土曜日。

午前10時頃だった。お義姉さんから電話がかかって来た。

「おばあちゃんに朝ご飯を食べさせてたら、喉に詰まらせて、噎せたの。すぐお医者さんに来て貰ったらね、難しいって、言われたのよ」と。

すぐ香川にいる夫に電話すると、会議で県庁へ行っていると。教えて貰った番号に電話し、夫と話すことが出来た。

「明日は、大事なお客さんが見えるので、どうしても行かれない。すまんが頼む」

「わかったわ」

「お金は大丈夫か？」

夫が高松で創業してから、お金は、いつもなかった。

その日仙台まで私と娘たちが行けるお金があったことは、本当に僥倖だった。

お向かいの家に住む仲よしのTさんに事情を話しに行く。何か手伝うことはないかと言ってくれたので、喪服の長襦袢に、半襟をかけて貰う。

仙台の義姉の家に着いたのは夜で、もう祭壇の準備ができていた。

次の日、近所の人々が、手伝いを申し出て下さったが、義姉はお断りした。

たまたま預かっている自分の親だからと。

だから喪の家の人間でありながら、台所もした。

義妹が九州から到着した。ずっと座って、来て下さった方々と話してる。

うちの娘たちは、よく働いた。食事も作り洗い物もした。お客さまにお茶も出した。

葬儀が終わって、皆さんが引き上げた後、お義姉さんは、娘らの振る舞いを褒めて下さった。

長女は大学院に進んでいるので、勉強ばかりして家事などしないと思っていたらしい。

この時娘たちを認めて信用して下さったので、後年お義姉さんの遺言書を作る時、彼女らに立会人になって欲しいと頼んできたのだった。

姑の祭壇の前に一人で座っていたら、涙が溢れて来た。

新婚旅行から帰った日から一緒に暮らし、泣かされることが多かったが、晩年は可愛くなって、ムメノ伯母の土地のことでは、「あなたがお嫁さんで、本当によかった」と言ってくれるほどになっていた。

一人の人間の喪失、存在が無になってしまう寂しさ、怖ろしさ、虚しさなどが、胸に押し寄せて、私は声をあげて哭いた。

姑を送って、徐々に体重が回復してきていたが、平成元年バセドー病を発症して、あっと言う間に10キロ痩せた。

それから長い間虎の門病院に通うことになる。

紹介していただいて主治医になったO先生は、手術をしないで、投薬でバセドーを治療する方針だった。

通院している間に、次々と体のいろんな箇所が不調になり、この病院のほとんど全ての診療科のお世話になる。

胃の検査ではよくひっかかり、何度も生体検査を受けた。

耳鼻咽喉科にも整形外科にもお世話になったし、呼吸器科では、肺気腫と言われたこともある。

循環器科では、いろんな検査をした。

それから今に至るまで、病から解放されたことはない。

顎関節症に悩まされ、掌蹠膿疱症などという聞いたこともなかった病を患っている。

それらの病と闘いながら、私は高松へ通うのである。

父

私は、どちらかというと、父親っ子だった。

幼い時から、「仁美ちゃんは、迷子になっても、間違いなく先生（医者だから、こう呼ばれていた）のところへ連れて来てもらえるわよ」と言われていた。父と顔が似ていた。

初潮がきた時、私は最初に、父に話した。父が医者だったからだけど、母の気分を著しく害してしまった。娘を持って、母の気持ちがよくわかった。申し訳なかったと思う。

医師会長を始め、さまざまな要職を務めていたにもかかわらず、臆病と言ってよいくらい慎重な人だった。

男の子からの手紙に書く返事に、いろいろ注文をつけた。手紙は、永久に残るものだから、使う言葉に慎重たれと。

父が肩を痛めた時は、いろんな会合に、鞄持ちとして、付いて行った。

結婚してからも、会合があって上京した時は、我が家に泊まり、時間がある時はいろんなところへ連れて行ってくれた。

結婚して、初めて父が我が家に泊まった時のこと。

朝食に新巻鮭を焼いて出した。夫はもう出勤していて、姑と父と三人で食べていた。新巻鮭は父の大好物。私も大好きだが、父があっという間に食べてしまったので、箸をつけていたが、「これ、食べて」と私のを、父の皿に移した。

それを見た姑の表情が変わった。とんでもないないないものをみた！　驚き、呆れ、信じられないと姑の目は語っている。

娘の食べかけのものを、父親にあげるなんてとんでもないのだ。

姑だけの倫理観ではなく、彼女が育った讃岐のものと言っていいかも知れない。

姑のその表情には、父も気付いていて、後で二人で話した。実家では何でもなくても、違うことがたくさんあるだろうから、気をつけるように。父に諭された。

この日は、松本で会合があるので、茅野の従姉妹の家まで同行。昇仙峡で途中下車し、馬車に揺られたのも、懐かしい。

市川にいる時、鹿島神宮と香取神宮に連れて行ってくれた。東京に越してから、御嶽山へ次女と三人で行った。

父の思い出は尽きない。

平成6年11月、私は2ヶ月ぶりに、実家に帰った。

座敷にベッドを置き、そこが父の「病室」となっている。

座敷に入って、父はだいぶ弱ってきたなと思った。

「疲れたろう。すまんな」

私の顔を見て、父は弱々しい声だが、はっきりと言った。

「ううん」

「明日ゆっくり話そう」


だが次の日。

明け方ヘルパーさんが、「先生（父のこと）が、来て欲しいとおっしゃってます」と、私が寝ていた部屋に呼びにきた。パジャマのまま、急いで、父の部屋へ行った。

「苦しいんじゃ。E先生を呼んでくれ」と父が言った。

差し迫ったように見えなかったので、「まだ朝早いよ。すぐでないと駄目？」と聞いたところ、「すぐだ」と答えた。「心臓が苦しい」

早朝で申し訳ないと思いながら、E医院に電話した。

「わかりました。行きます」と言って下さったので、父にそう伝えて、待った。

一時間経っても来ていただけないので、また電話した。

「行きます。酸素吸入をしていてください」

「わかりました。よろしくお願いいたします」

そう電話に頭を下げて、病室に戻った。

ところが、酸素ボンベがうまく動かない。ベッドの両側に2本あるのに。ヘルパーさんを派遣して貰ってるO先生に電話する。

O先生は父とは何十年と付き合いのある看護師さんで、ヘルパーを派遣する事業を立ち上げていた。父のこともよくお願いしてきた。

動かないはずはないと言う。ヘルパーさんもO先生のところから派遣して貰っているプロフェッショナルなのに。

E先生もなかなか来ない。

父の様子が変化していく。

近所に住む仲良しのY家のおばちゃんがお刺身を持って来てくれる。もう食べる元気がない。それを見たおばちゃんは、おじちゃんを連れて来ると、転げるように帰って行った。

父の唇の色が見る間に変わっていく。

別室で休んでいた母を呼んでくる。

ヘルパーさんは、酸素吸入器を動かせず、オロオロしている。

父の息が浅くなり、目も閉じる。

そして力尽きた。

茫然と刻々と変わる父の唇を見る。

Y家のおばちゃんが、目の見えないおじちゃんを連れて戻って来た。息をはずませて。

間に合わなかった!

Ｅ先生がいらした。先生も茫然。死ぬとは思わなかったのだろう。Ｏ先生も来た。先生が操作すると吸入器は正常だった。よりによって操作できない人を寄越したのか。心残りでならなかった。悔しかった。

Ｏ先生にお願いして、２チームを作って貰って、昼も夜もヘルパーさんに付き添って貰う。酸素ボンベも２本置く。特別にお願いして、完璧に病室を整えた。

それなのに役に立たなかった。

Ｅ先生もＯ先生も、父とは長いお付き合いの方々。信頼して、お願いしていたのに。

私が来て、父も大丈夫そうだと、秋田の学会へ行った弟は、急遽引き返して来た。そして弟は、私に、先生が来て下さっても、数時間の差だっただろう。気にするなと、慰め励ましてくれた。

だが、私は釈然としないままだった。

Ｙ家のおじちゃんは、父の竹馬の友だ。おじちゃんも声もなかった。

自宅で行った葬儀の時には、花輪が何百メートルも並んだ。

名誉市民第一号だったので、文化会館で、後日市民葬が行われた。

母

母は厳しかった。女中さんがいると言っても、食事は母がつくり、私もつくった。今の若い人はわからないだろうが、足袋の繕いは上手だった。看護婦さんが食事をする時は、私が受付の番をした。たとえ定期試験中でも、それは私の仕事だった。

母は、十やるべきことがあったとして、九つちゃんとやっていても、出来なかった一つのことを責める、そのような人だった。

藤田宜永さんの母上も、そのような感じの人だったようだ。そのことも、藤田さんに親しみを感じた一つだった。

藤田さんの自伝的長編小説『愛さずにはいられない』には、母上との確執が描かれているが、私にはそこまでの確執はなかった。

父が亡くなって、母が一人になってから、妹と話しあいながら、定期的に実家へ帰った。松山の施設に入所させてからも、よく通った。

晩年は可愛らしくなった母だが、確かに支配的だった。

妹が結婚して、お互い東京の多摩地区に住むようになると、よく二人で会うようになった。

子供が小さい時は、互いの家を行き来した。身軽になると、よく一緒にあちこちのデパートへ行った。彼女はセンスがいいので、洋服を買う時は、いつも付き合って貰った。そのうち都心にまで足を運ばないようになり、最近は多摩地区のデパートが定番になった。

彼女はずっとヴァイオリンを続けていて（私の短歌のようにやめていた時期もあるが）、楽器を肩に掛けて来る時もある。

そのような或る日、いつものようにデパートをうろうろし、彼女のお気に入りのブラウスが見つかって購入し、疲れてカフェに腰を下ろした。

紅茶をのみながら、喋っているうち、高校時代の同級生・Mくんの話に。

家の改築中で、片付けをしていると、古い日記が出てきた。

その中にMくんを訪ねて名古屋へ行った時のことを詳しく記した日記帳があった。

私にとって特筆すべき出来事だったから、妹にあの日のことを、詳細に語った。

「好意を持ってくれていたわよね？」

「そりゃそうよ。すごく好きでなければ、そこまでしてくれないわよ」

「うん」

いい年をして、昔のささやかな物語に、胸おどらして、おかしな話。

妹が突然言った。

「お姉ちゃんも、漸くお母さんの呪縛から、解き放たれたのね」

母の呪縛の中にいると、考えたことはなかったが、「そうか。そうだったのか」と。年と共に、自由感が増す感じは、どこかで自覚していたかもしれない。


その時妹は、もう一つのことも話した。母を病院へ入れた日のこと。

「あの時のお母さんの気持ちを思うと辛い」

「あなたもそうだったんだ！」

いきなり母の日常を断ち切った罪悪感！　一生懸命守ってきた住み慣れた家から、引き離された寂しさなどを思うと、今でも胸が痛い。

妹と弟の三人で考えて考えて、母のために最善のことをしたつもりだけれど。


母を松山へ連れて行く前の日。

パジャマやブラウスばかりでなく、靴下とか小物などに、名前を縫い付けたことを思い出す。三人でタクシーで松山へ行ったが、私は高熱を出して気分が悪かった。

父の葬儀の後、夫の創業の日など、私はやはり熱を出した。体の中の熱を出すことで、精神の均衡を保っているのだ、と精神科の医者である弟は言って、慰めてくれた。

平成18年の秋。

母のホームでの生活も5年になろうとしていた。

彼女がホームに入った6ヶ月後に弟が亡くなったことを、母は知らない。

弟が中高校時代を過ごし、ある時期仕事をし、結婚生活を営んだ地、そして母の故郷である松山で、母のために最もよいと、厳選して決めたBホーム。病院附属のホームで、台所も浴室もついた、広い個室。ホームは、丘陵の上にあり、前面はミカン畑で、緑につつまれた静かな環境の中にある。何もかも面倒をみてくれる完璧な施設だったが、母にとっても私たちにとっても、初めてのことで慣れなかったので、特別に付き添いさんを同室させることを許可して貰った。

2週間後、付き添いさんは通いになり、1ヶ月後に、やめて貰う。

こうして母は、ホームの生活に馴染んでいった。

私たちの生活にも、レールが敷かれた。


有り難いことに松山在住の従姉のE子ちゃんが、ほぼ毎日母のところへ行ってくれた。

一方で弟は、大津の病院に入院していた。

自分の母が、施設に入る。

母のたった一人の跡取り（弟）が癌で、余命を宣告されている。

そのようなことが起こっていることを、信じられなかった。私と妹にとって、心身が消耗した辛い時期だった。主に、妹は弟に、私は母に付き添っていた時期でもある。

弟は5年前、平成13年7月に逝ってしまった。何もかも遺して。

18年夏に高熱を出してから、母は弱っていった。病院に移され、主治医の先生から、度々電話がかかってくるようになった。

10月、予定を早め、松山に向かうことにする。

ところが、泊まるところがない。

長女が、松山中のホテルを探して探して、やっと見つけてくれたのは、行ってびっくりの古い小さいホテル。湯船に線が引いてあって、これ以上お湯を入れると溢れますと書いてある。板の古いドアで、私を守ってくれるのか、心配だったが、疲れてたのだろう、眠ったようだ。

朝一階の入口の傍の小さな食堂へ下りていくと、ちょっと粗っぽい感じの男性が数人、食事中。女性が泊まるのは、珍しかったようで、異物を見るみたいにじろじろ見られた。

10時過ぎて、部屋にいたら、掃除だと勝手に入って来た。

怖かったが、他に空いてるホテルがないから、仕方がない。文句を言ったら、懸命に探してくれた、長女に申し訳ない。

定宿の部屋が空いて、移ることができた時は、心底ほっとした。

平成18年10月16日。

その4、5日前から、母は元気を盛り返していた。よく笑いよく話し、食欲もあって、みんなが探し集めた水羊羹を、喜んで食べた。消える前の明るさと、みんなが思った。そういう母の様子を妹が伝え、長男の利くんが予定を早めて来ることになった。

しかし前日、15日から、その勢いが失せてくる。

母は苦しそうだったが、私も体がだるくて、ソファーに横になっていた。看護師さんが見回りにきたので私が起きようとすると、「大丈夫ですから、そのまま横になっていてください」と私を制した。

「胸が苦しい」と16日の朝、母が言った。先生にそう伝えると、酸素の量を増やして下さった。その時「意識は薄くなっていきます」と言われた。

その時その意味を、私は正確に把握していたのだろうか？

お昼ご飯が運ばれて来たので、「食べる？」と訊くと、母は「食べる」と答えた。

ベッドを少し起こして、体を整える。

スプーンで一すくい重湯を口に入れたら、ぐったりして、母の様子が激変した。慌ててナースコールした。

10日ほど前から、ナースセンターの前の個室に移されていたので、看護師さんはすぐ来てくれて、「もう食べないで、寝ましょうね」とベッドを倒した。

利くんが着いたのは、その後だった。

母は落ち着いていたが、もう笑うことも話すこともなかった。せっかく予定を早めたが、利くんは元気な祖母に会うことは叶わなかった。

その日は私の県立中央病院の診察日だった。

利くんが東京から来てくれたので安心して、私はY先生のところへ行った。そして、「あなたの体はもう限界だから、お母さんの状態がどうであろうと休みなさい」とY先生に言われたのだ。

母の病院に戻る途中喫茶店に入り、アイスティを注文する。ストレートのアイスティは、疲れを取り元気を与えてくれる私の活力の源だ。

少し元気を取り戻して、母のところへ戻る。

病室の様子は、一変していた。

心電図が取り付けられ、ナースセンターで、監視体制が整えられていた。

「何度もおばあちゃんの足裏の温度を見に来ているよ。死期が近付くと、温かくなるんだって」

利くんが言う。

E子ちゃんが来て、「おばちゃん、おばちゃん」と揺すって呼び掛けたが、反応はなし。

しばらくしてE子ちゃんは帰って行った。

先生たちはもうわかっていたのだと、後で理解したが、私はまだ差し迫った気持ちではなかった。

でもその時は来た。

午後6時。

ご臨終ですと宣告された。

「もう充分よ。これ以上あなたに迷惑はかけられないわ」と母は逝った気がする。

98歳の誕生日を、看護師さんたちに祝って貰った、1週間後だった。

10月16日、17日、18日は、新居浜市の秋祭り。太鼓祭りと言われる市最大のイベント。

昔は、地区毎に、開催日が異なっていたので、異なる町の親類へ御呼ばれに行くのが、楽しみだった。

現在は、太鼓台が運行する時は道路を塞いでしまうので、道路交通法の関係で、市内一斉同じ日の開催となっている。

金糸で刺繍された豪華絢爛な布団締めや幕をつけた太鼓台は、高さ約束5・5メートル、長さ12メートル、幅3・4メートル重さ約3トンの巨大な山車である太鼓台を150人あまりのかき夫が、4本あるかき棒をかつぐ。

三層からなる太鼓台の一番下に置かれた太鼓が打ち鳴らされ、運行を仕切る四人の指揮者の笛、揃いの法被に身を包んだ男衆たちの掛け声によって市内を練り歩く。


絢爛豪華な外形も自慢だけど、私は雄壮なところにたまらない魅力を感じている。

これだけ大きな太鼓台が市内に54台あって、それぞれの町内を練り歩く。当然ぶつかる。意図してぶつかることもある。喧嘩祭りと言われる所以。

今は、喧嘩をしたら、即運行停止となる。そして次の年の運行は禁止。

人も車も増えた現代では、人命を守る意味からも仕方がないのかも知れないが、昔の自由さが懐かしい。昔は、担ぐ方も見物する方も、頃合いを認識していた気がする。昔は太鼓台がぶつかって、怪我人が出ると、父の医院に担ぎ込まれる。

そうなると伯父や従弟たちが大勢来て、賑やかに楽しんでいた食事は中断される。

本当に大きなイベントなのだ。

お祭り目指して、帰省する人が多い。迎えるほうも、精一杯のご馳走を作って待っている。

母は東京から到着した妹と甥の利くんに付き添われて葬儀社の車で新居浜の自宅に戻った。私と神戸から駆けつけた姪（亡き弟の娘）は列車で動く。

お通夜やその他、もろもろの雑事に忙殺されながら、私も妹も、何年ぶりかで、お祭りの雰囲気を味わっていた。

実家の前を、太鼓台が通る。朝八幡宮へ向かう。所々を巡って、夕方戻って来る。

その度太鼓台の姿を見ることができた。

母の葬儀は、10月19日に行われた。

私は喪主挨拶で述べた。

「お祭りが終わったばかりで皆さん疲れきっていらっしゃるでしょう。それなのに葬儀に参列して下さってありがとうございます」

と。そして、

「私たちに、お祭りを見せてくれようとして、母はあの日に亡くなったのだと思います」

と。

まだまだ

夫が亡くなった時、遺産は担保に入っている高松の家だけだった。もちろん少々、ごくごく少々の預金はあったが。私は娘と相談して、相続を放棄しようとした。そうすると会社にとって、厄介なことになるとわかった。担保物件が相続放棄されると、国税庁に入るのだと言う。そして競売に掛けられる。わが社が、競り勝って手に入れるのは、到底無理な話だ。

それでは、贈与しようと考えたが、贈与税がとてつもなく高い。とても払えない。じゃ、会社が買える額、つまり市価より安く売ろうとしたら、安過ぎると、高い税金を掛けられるのだと言う。いずれにしても会社にとっては厳しい状態になる。それで、仕方なく私が相続した。相続の手続きをお願いした税理士の先生が「本当にこれしかないのですか？」と呆れるほど。全てを会社につぎ込んで、私たちには何も遺さず、彼は逝った。

私はオーナーになってしまった。私は、自分で売ることも貸すことも出来ない家の、税金を払い、保険を掛けている。植木屋さんに払うお金も馬鹿にならない。勝手に会社を創って、さんざん迷惑をかけ、怖い思いをさせた上、それを取り除くことなく逝ってしまった。

夫が亡くなって7年。今も会社のことで日々悩まされている。恨めしく思う。こんなにいつまでも苦労させてと、腹だたしく思う。

夫はドイツ語で『菩提樹』をよく歌っていた。

そんな姿を思い出すと、哀れにも思う。しかしすべてのことが必然であって、受けとめなくてはならないことなのだろう。


私は三人きょうだいの長女である。幼い時は一人っ子で可愛がられたようだが、妹や弟が生まれると、いろいろ制約がつく。

「お姉ちゃんなんだから我慢しなさい」

「一番上だから、これをしなさい」

義務や責務が増えていく。

妹たちの面倒をみるのは、嫌じゃない。むしろ世話を焼きたいくらい。でも私は甘えたかったのだ。ただただ優しく包んで欲しかっただけなのだ。


「裕福なお家の奥様になって、お手伝いさんにかしずかれる生活を送っているものとばかり思っていたわ。苦労したのね」とクラス会で言われて、驚いたことがある。

そういう生活をしたかった？　違うと思う。

自分の時間はたっぷり欲しいから、お手伝いさんがいたらいいかも知れない。体の具合が悪い時も助かるかも知れない。でも、料理するのは好きだし、お菓子も作るし、裁縫も編み物もする。子供たちの小さい頃は私の手作りの洋服を着せていたものだった。料理は自分が作ったものが美味しいと思う。

でも、時間が欲しい。我儘かな？　時間を、なるべく多く自分の好きに使いたい。心配事なく、穏やかに暮らしたい。それだけが望み。

小池真理子さんの『月夜の森の梟』が出版されたと知った時、勿論私はすぐに買って読んだ。

藤田さんを喪った、小池さんの悲しみ寂しさが、どの頁にもどの言葉にも溢れていて、心を抉られた。

私は小池さんに手紙を書こうと思った。

書き出したら、いろんな思いがあふれでて、便箋20枚をこえても、書き終わらない。いくらなんでも長過ぎる。

罫のたくさんある便箋、紙質の薄い便箋などを探して、なるべく嵩張らないようにと、苦心したが、それでも15、6枚になってしまった。

小池さんは呆れられたことと思う。

それなのにお心のこもったお返事を戴いた。その上ご自著2冊もお送り下さった。

そのうちの一冊『死の島』が上梓された直後に、藤田さんのご病気がわかったという。

その内容から、「藤田さんがモデルですか」と問う人が何人もいたらしいが、小説のほうが先なのだから、モデルであるはずがない。

とても重厚な力作だった。

読んでいて、辛くなるような場面もある、重いテーマの小説だったが、読んでよかったと思った。

何より小説として、素晴らしかった。

不思議な絵を知った。

深い愛を知った。

病気を知った。

お送りいただかなかったら、恐らく読まなかっただろう。私にそれを読ましめた縁を思った。そして生きていく勇気を戴いた。

小池さん、曽野さん、半藤さんのように、深い絆で夫に愛され、守られたかったと思う。彼なりには私を愛してくれていたと思うが、それを言葉に出したこともなかったし、感謝の言葉すらなかった。物や行為で嬉しい思いをさせてくれたということもない。

それどころか、会社のことで心配ごとが絶えず、もう隠居していい年齢なのに、いまだに苦労をさせられている。

ただ、こうして思い出してみると、若い頃、ヨーロッパへ行ったり、外国人の方々と交流した経験は、とても貴重でありがたいことだったと思う。

その経験が影響しているのか、私は西洋の街並みや歴史文化には憧憬がある。今も街で外国人を見ると、話しかけたいと思ってしまう。

だが、もう外国に行くのは無理。体中が痛く、東京と高松の行き来だけでも大変なのに、長時間飛行機に乗っていられるわけがない。

小説を読むということは、時と空間を超えて、私を別の世界へ連れていってくれる。私の世界は広がる。

18世紀のイギリスの貴族の物語を読んでいると、その舞台に自分を立たせられる。社交界にデビューしたのに、誰にも求婚されない娘の悲哀とか、伯爵になったが、実情は絶望的な借金も背負うことになる悲惨さ。

華やかなだけではないストーリーでも、興味は尽きず、一時私を夢の世界へ誘ってくれる。

世界の歴史を学ぶ。人間の業を知る。

高松の家は、築200年近いものだ。昼間は、社員の出入りがあったり声がしたり、普通に現代の生活の中にいる。

夜の戸張が降りると、普通の空気は消え、幽かな音にさえ脅かされる。あやしげな空間に変わる。

私をひとり、このような処に縛り付けた夫を恨む。恐らく彼は、旧い家の夜のしじまのどこが怖いのか、きっとわからないだろうが。

昼間は、会社が倒産しないだろうか。社長はちゃんとやっているのだろうか。娘たちに迷惑はかからないだろうか、と辛苦は絶えない。

昔のイギリスの貴族の、ちょっと苦くて甘いラブストーリーを読み、厳しい現実を忘れて、私はベッドに入る。

現実が遠のく。ふわふわした空気が私を包む。

朝になったら、たぶん少しは元気を取り戻しているだろう。

前を向いて歩き出せるだろう。

年齢の割に、元気ね、とか若いわねと言われることが多い。自分でも年齢を忘れる時がある。

出来ないことがどんどん増えていっているのも事実。

時間は烈しい速さで飛び去って行く。

体力も落ち、気力も衰えて行く。

それでも、時間を作って好きな本を読む、ゆるゆると短歌を詠む。活字に癒やされながら、気力を奮い立たせて、これからも生きていく。

オレンジ色の月

昭和26年4月、私は愛媛県立新居浜東高等学校に入学した。

地域制で、高校へ行くなら、東高と決まっていた。東平という山の上や大島という島や10以上の中学校から、集まって来ていた。東高は、前身は旧制中学校。北側に教員宿舎、西門の前に、小さな文房具店があって、人家は10軒足らず。周りは田畑ばかり。

近くを流れる国領川の西側は、所謂商業地域。市役所も警察署も西側。元女学校の西高も、いうまでもなく西側にある。映画館は3館あったが、喫茶店は1軒きり。

私は5組になったが、同じ中学校から来た人は、Aくんという男子一人。

クラス委員は、最初わからないだろうと先生が決めた。男子は南中から来たNくん、そして女子は私が任命された。月に一回全校の委員が集まる委員会が持たれる。

一回目はNくんも出た。私たちは一緒にも行かず話もしなかった。

同じクラスにAくん以外友人はおらず、委員にもなったので、私は、積極的に級友に溶け込もうと思った。

私は人見知りだ。知り合ってしまえば、友好的だが。

陽性の人間になろうと努力した。

後年同窓会で「勉強が出来て家柄もいいから、怖い感じだった。寄りつきにくい冷たい感じがした」と言われて、びっくりしたことがある。

また、付き合いがあった友達は、私のことを「文学少女で情熱家だった」と評した。

私は美人でないし、可愛い顔でもない。体が大きい。生まれた時から健康優良児だった。

同じように体が大きい我が娘たちとよく話す。「大きいって、損よね！」と。

小柄な女性は男性に、「守ってやらなければ」という心持ちにさせるように思う。


Nくんと話をしたのは、一回か二回。距離が近くなることはなかった。

振り向くと、Nくんの視線に合うようになった。

彼は、中学校の時に病気で1年休学したとか。そのせいか大人びて見えた。白皙長身で、孤高の人という感じ。

男子はみな、小学校の時からよく知っている。

Nくんの持つ大人びた雰囲気に、心惹かれたのだと思う。初めて男の子に関心を持った、初恋の人。

しかしNくんは1学期で転校してしまう。私の内に火をつけて、行ってしまった。かすかな火だが、消えはしなかった。


東高では当時、選択科目によってクラス分けがされていた。

娘たちの時代に比べて、とても選択の幅が広かった。

2年になって、T美とY子と同じクラスになった。

東高恒例のバレー大会の時、何となく並んで応援していた。最後まで、声を張り上げて。私がそんなに遅くまで残って、きゃっきゃっと大声を出すのを、二人は意外に思ったそう。応援の間にいろんな話をした。同じ中学校だったから、Y子に、Nくんのことを聞いてみたりした。

「人気があったけど、あんまり女の子と話をしてなかったわ」

そんな話でも喜んで聞いていた。

それから三人はいつも一緒。

「大きいのと中くらいと小さいのと」

化学のC先生は、私たちのことをこう呼んだ。

大きいのは、もちろん私。小さいのがT美。彼女は眼の大きなチビグラマー。Y子は、中肉中背の色白の美人だった。

「急に陽が陰ったと思ったら、君が前にいたのか」とC先生に言われたことがある。今だったら、パワハラ、セクハラと言われるかも知れない。

化学のテストは、単元が終わる毎に行われる。最初私は高得点をとり、先生を驚かせたらしい。そして次のテストでは、落第すれすれの点をとって、また先生を驚かせた。豪快な点の取り方をする私なら、何を言ってもいいと思っていたのかも。

3単位の選択科目は英語副を選択していたら、希望者は七人しかいなかった。授業が成立しないので、今学年はなし。他の教科を選べと言われる。じゃあ漢文Ⅱを、と言ったら、それをとるには、5組に移れと言われる。

まだ新学年が始まったばかりとはいえ、他のクラスに移りたくない。そこで、書道をとって、2組に残った。

もし5組に移ってたら、そこにはMくんがいたのだった。

しかし残ったから、Y子とT美と友達になれた。

そして波乱の3年生になる。

私は3組。40人ほどのクラスメイトのうち、女子は五人だけ。女子五人が一番前を空けて、廊下側の列に縦に並ぶ。廊下側も窓があった。アイウエオ順だったので、私が一番前。私の斜め前、隣の列の一番前にMくんがいた。

隣の2組は男子ばかり。2組と3組が一応進学コースとされていた。

中学から仲の良かったFくんは2組にいた。教室が近くなって、Fくんとも話す機会が増えた。

女子五人というのは、初めて取り入れられた変則の編成だったが、担任のN先生は、「心配していたが、これなら大丈夫だな」とおっしゃった。強者五名と思われたらしい。

T美とY子とは、もちろん一緒。「今更別にするわけにはいかないじゃないか」ということらしかった。あとの二人はK子とS乃。二人はそれぞれの理由で、1年休学していて、大人。

進学しないY子は、すこし違う科目を選択していたが、T美とは全ての教科が同じだった。

教室の掃除当番は、縦一列でグループを組んで行っていたので、女子が当番の時は五人で賑やかに喋りながら、机を運んだり、雑巾で拭いたりしていた。

1ヶ月程過ぎた頃だろうか、「Mくん、あなたの方ばかり見てる、気があるんじゃないの」「そうそう、よく見てるよ」と級友達がからかう。

振り向けばそこに私がいるから、よく話しかけてきただけのことだと思うが。

物理を選択している女子は、私とT美だけ。ある日、物理の教室に少し遅れて入っていくと、「おまえの好きな小野さんが来たぞ」とクラスメイトのJくんがMくんに言った。Mくんは無表情だった。

そんなことを言われてびっくりしたが、もっと驚いたのは、JくんがMくんに対し、そういうことを言ったからだった。

Mくんは体も大きく、傲岸不遜我儘な、南中のボス的存在かと何となく思っていたから。

席が近いから、Mくんと私よく話しして親しくなった。

こうして1学期は終わった。

夏休み。

東高では、夏休みに一度はクラスで集まることになっている。

3組は海に行くことに。

8月の初め、私たちは、垣生の海岸に集まった。泳いだり喋ったり。そのうちボートに乗ろうと。「Mくんに漕いでもらおうよ。あなた、頼んできてよ」とK子が言うので、頼みに行く。

Mくんは快く引き受けてくれた。K子が乗る。少しして戻って来ると、あなた乗りなさいと言うので、乗り込む。

ところどころに雲があって、太陽がぎらぎら照りつけていないからか、泳いでいる人もたくさんいる。ボートも何艘か出ている。

Mくんはぐいぐいと力強く漕いで、沖へ出て行く。

「大丈夫？　疲れない？」

「うん」

黙って漕いでいる。

今がチャンスだと、私は勇気を出して聞いた。「Nくんどうしてる？」

MくんとNくんは、中学校時代に親友だったと、いつとなく聞いていた。機会があれば、Nくんのこと聞いてみたいと思っていた。

Mくんはすごく驚いた顔をして、私を見た。しばらくして、

「今は元気だよ」

「今は？」

「2年の時、また体をこわして休学したんだ」

「まあ。辛かったでしょうね」

「頑張ってるよ。彼はしっかりしてるから」

「あら、あなただって、しっかりしてるじゃない」

それにはこたえず、下を向いていた。

そして「その人の本当の気持ちを知って、がっくりすることもあるよ」とぽつり。

えっどういう意味？

その日の帰り、土手を歩く私の前に、空を真っ赫に染めて大きな夕陽が海の上に沈んでいくところだった。

そして、私の胸の中も真っ赫に染まった。

私はMくんに捉われたのを知る。

Nくんの名を口にした日に。


夏休みを家に籠って過ごした。

2学期が始まるまでに、気持ちを鎮めなくては。誘われても、家から出なかった。「受験勉強があるから」と言って。

出て行って、Mくんに会うのが怖かった。何故か会わないのも怖かった。


2学期が始まった。

鎮め得たと思っていた。でも駄目だった。

先生の方を見ると、その視界の中に彼がいる。

遅刻すれすれに、横を通ってどさりと座る。

数学の問題を突き付けて、「これ解いて」と言う。Mくんのほうが数学は出来るのに。

振り向いていっぱいお喋りするかと思うと、1日中頑なに背中だけを見せている。平静でいるのが難しい。

私の動揺にT美もY子も気づいた。ずっと一緒なんだもの。

海へ行った日からの気持ちを打ち明けた。

その日からT美の態度に変化が見えた。そしてぽつりぽつりと話し始めた。

「私も好きな人がいるの」

「まあ誰なの。いつから？」

「1年の時から」

「相手の人は、あなたの気持ちを知っているの？」

「葉書をもらった」

「まあ誰なのよ？」

彼女の表情や態度から、私もY子も、わかった。「Mくんだ」

T美と私は、選択している科目が全て同じ。それこそトイレへ行くのも一緒。

小説などによく出てくる、親友同士が、同じ人を好きになるということが、我が身に起こっていることが、信じられなかった。

とても苦しかった。悩ましかった。T美も同じだと思う。不機嫌だったり無愛想だったり。暗い顔をしてたが、それでも二人は、それまでと同じようにいつも一緒だった。大事な友達だった。

そんな二人を見ていて、Y子は決断した。彼女は、私とはちょっと違う行動力の持ち主。「二人が共にあなたを好きなのだけど、本当はあなたはどちらが好きなの?」とMくんに尋ねたという。

それを聞いて、私は動転した。尋ねたこと自体も驚きだが、本当はどっちが好きかなんて。

彼は、手紙を書くと言ったそうだ。

次の日は土曜日だった。

4時限の授業が終わった時、Mくんは黙ってさりげなく、私の机の上に手紙を置いた。

私たちは、それを持つと、運動場の隅に飛んで行った。

Y子から言われて、驚いたというようなことからはじまり、

「あなたの印象は強くて鮮やかです。僕の大事な友達の一人です。僕には大きな夢があります。今はそれがなるかどうかの大切な時期です」

だから友達でいようというようなことが、便箋二枚にきれいに書かれていた。

読んで三人とも無言だった。

それぞれが手にとって読んだ。

それでも誰も何も言わなかった。


校舎のほうからは、下校する人たちのざわめきが伝わって来た。

土曜の午後には、物理の補習授業がある。

女子で受けているのは、私だけ。

こんなに動揺している時に受けても、頭に入るわけがない。

私も帰ろうとしたが、受けなきゃ駄目と二人に強く言われ、2組の教室に行く。

後ろの席にぽつんと座っていたが、先生の話は全く頭に入らなかった。

ようやく終わって、3組に戻り、鞄を取って、昇降口を出ると、Mくんが立っているのが見えた。私が西門へ出ても北門へ出てもいい位置に立っていた。Mくんには、いつも行動を共にしていたTくんという友達がいたが、この日はMくん一人だった。

私は一瞬立ち止まったが、そろそろとMくんのほうへ歩いて行った。

二人は並んでそのまま北門に向かった。

生物のT先生とすれ違った。興味津々、不思議な組み合わせだと、顔に書いてあった。

土曜の午後遅くとあって、ほとんど人影はなかった。

何を話せばいいかわからなかった。

手紙にT美のことは何も触れていなかったので、「葉書を出したって、どういうことだったの」と、聞いた。

「ああ、あれは喜劇なんだ」

とMくんは答えた。

「喜劇って？」

そこで、分かれ道に来た。私の家は右、彼はまっすぐ。

引き延ばしたい時間だった。

だが、私は、

「私も手紙を書くわ」

と言って右に曲がった。


曲がらないで真っ直ぐ歩いて行くことはできなかったのか。真っ直ぐ歩いていたらどうなっていたのか。

もっと歩こうと言って欲しかった。だが言われたら、どこまで歩いて行ったのだろう。

手紙をくれて、その上待っていてくれたのだから、彼がサヨナラを言うまで、黙ってついていくべきだったのだろうか。

もう少し真っ直ぐ歩くと、川原がある。そこまで行って、もっと話すことが出来ただろうに、私は、自分の道へ曲がった。

喜劇とはどういうことかという返事を聞かずに。

日曜日1日を費やして、手紙を書いた。

「私も友達としか思えない」

何度も書き直したのに、味も素っ気もないものだった。

月曜日。階段の下、下級生も行き交う踊り場で、本に挟んで、渡した。

それで何か変化しただろうか？　表面上はそれまでと変わらなかった。

2年生の間でMくんは人気だったらしい。2年生の中で私たちが噂になったと聞いたが、私には実感がない。

T美とは、それまでと変わらず、と言うかそれまで以上に、ピッタリ寄り添っていた。

小さな出来事は、いろいろあった。

東高の運動会は盛大だった。総じて運動部の活動は活発だった。

運動会では、組をつくって応援する。1年生から3年生までが一つの組をつくる。それぞれの組が趣向をこらしたアーチを作る。放課後残って作業をするし、日曜日も登校して頑張る。

日曜日に行かなかった時があった。月曜日購買部に行ったら、中学校の同級生のR美に会った。

「昨日来なかったわね」

「うん」

「どうして来なかったの？」

「ちょっと疲れたから」

「Mくんがね、小野さん来ていない？　おかしいなと、あなたを探していたわよ」と意味深な笑顔をみせた。

Mくんは、応援団長を引き受け、頑張っていた。

運動会当日私は記録係として本部にいたので、彼の応援ぶりを見ることが出来なかった。

11月には恒例の卓球大会があった。Mくんは選手で出ていたので、私は応援に残った。T美は帰ってしまった。

私の応援の仕方がおかしいと、Mくんはゼスチャーでまねをして笑っていた。

私が前年選択し、Mくんは今年選択している日本史のノートを、貸してくれと言われたこともある。

日本史のノートだけは自信があるので、喜んで貸した。役に立って嬉しかった。

私は家に帰ると、登校した時から下校するまでの、Mくんの言動を細かく書き記した。勉強もそっちのけで。

2組のFくんとは、よく一緒に下校したので、私たちが付き合っていると、思った人がいたことは、後で聞いたが、実はMくんのことを相談していたのだ。「Mくんがこういうことを言ったのだけど、彼の真意はどうだと思う?」なんて。Fくんには迷惑な話だったろう。

Hくんは、高校3年生になって、Fくんを通して親しくなった。見方によっては、Hくんとの仲も怪しく見えたかも知れない。

私の心の中は、Mくんに熱く燃えていたが、表面には出ていなかったかも知れない。関心があるから、素直になれなかったりする。

それにT美の眼がある。心がある。自分の行動をセーブしていたところはあった。

苦く、楽しく、2学期は過ぎた。

私たちは受験生だったし、昭和27年の田舎に住んでいた。高校3年生は3学期はほとんど登校しない。そして私は受験のため上京していて、卒業式に出席しなかった。

こうして高校生活は終わりを告げた。

大学生になって、休みには必ず帰省した。そして私たちは必ず集まって遊んだ。T美、Y子、Fくん、Hくんらだ。

海でも街でもMくんの姿を見ることはなかったし、噂を聞くこともなかった。

大学3年生の夏休み、私は帰省しようと、東京駅22時発の夜行列車瀬戸に乗っていた。寝台ではない時代だったので普通の座席だ。

東京を出てしばらくすると、突然Mくんが現れて、私の前に座った。

「一人？」

「ええ」

「ホームでは大勢の男の人と一緒だったけど」

「あら」

その時私は、都内の学生で組織された学生放送協会という団体に入って活動していたので、仲間が送りに来てくれたのだ。

私はどんな顔をしたのだろう。何を話したのだろう。ほとんど眠っていた気がする。早朝列車は京都駅に停まる。京大に通っていたFくんとHくんがホームまで来てくれていた。2分か3分の停車時間なのに。新居浜ですぐ会えるのに。

新居浜駅へ着いて、どのようにMくんと別れたか、全く記憶がない。東京の住所を教え合ったということもなかった。

私は大学を卒業して2年後、結婚し親になった。

その間も度々帰省していたが、ある年の夏街で、高校の級友のJくんに偶然会った。

彼は私の顔を見るなり、「Mはすごいよ。X社に入って、今や課長だって。クラスの出世頭じゃないか」

X社は誰でも知っている、トップクラスの外資企業だ。

それはすごいことだ。でも私は、私の顔を見るなり、Mくんの名前を出したことのほうが気になった。

そして私はこの時、MくんがX社にいるのを知った。

その次の年くらいだったか。

「同窓会の名簿を作るのだけど、知ってる人がいたら、教えて」と同級生のK子から連絡があった。

「MくんがX社にいるらしいわよ」と私は答えた。

またまたK子から電話が。

「Mくんは名古屋支社にいるんだって。電話番号を教えてくれたから、かけてみたの」

おおらかな時代だった。

「今席をはずしています。後でかけさせますから、そちらの番号を教えてくださいと言うので、あなたの番号を教えておいたわ。しばらくしたら、かかってくると思うわよ」と言うではないか。

ドキドキして待っていたら、30分ほどして、電話のベルが鳴った。

瀬戸の車中で会って以来だった。

お互い結婚して子供が二人いてなんて、とりとめのないことを、ポツポツと喋る。そして名古屋へ来てください。ええ、有難うと、電話を切る。

私はMくんの電話番号をアドレスブックに記した。

それから2年ほどたったろうか。

大阪に住む従姉が体調を崩したという。いつも何かと世話になっているので、お見舞いに行くことにした。夫も娘たちも勧めてくれたので、子供ができて、初めての一人旅となった。

出発前、Mくんに会えたらいいなと、ちらと思った。

結婚して大阪に住んでいるY子に連絡する。

そしてHくんは京都にいるので、一応連絡した。時間がとれるか確約出来ないと言った。大学の医局にいるので、その時の教授のご都合次第ということらしい。

Hくんとも十数年会っていないから、会えたら嬉しいと思った。

大阪へ向かう途中、名古屋を通過した時、やはりMくんに会いたいと、思った。

従姉は元気で、会いに行ったことを喜んでくれた。その夜は従姉の家に泊まり、翌朝Y子の家に行く。

Mくんに連絡しようか迷っていると言ったら、「是非会いなさい。会うべきよ」とY子は強く勧める。確かにこんな機会は二度とないかも知れない。

懐かしいと思う気持ち、高校時代の二人の関係の曖昧さ、T美のことなど全てを知っているY子は、「私が電話をしてあげる」と、さっさと電話をかけた。そして割合簡単にMくんが出た。

「もしもしこんにちは」と、Y子は旧姓でフルネームで名乗り、そしてすぐに「旧姓小野仁美さんに替わります」と私に受話器を突きだした。

もう少しY子が話すと思っていた私は慌てた。

仕方ないので、「もしもし」と言ったら、すぐ「懐かしいなあ」と返ってきた。

「朝早くにごめんなさい」

「いや。今どこ？」

「大阪のY子の家」

「そう」

「お忙しいんでしょ？」

「まあね」

「今日の午後もお忙しい？」

「午前中は会議だけど、ええと、午後のスケジュールは……」などと言いながら確認している様子。

「いや、空いていますよ」

「もしお会いできるなら、名古屋で降りようと思うのですけど」

「是非来てください」と即答してくれた。

「何時頃？」

「これから京都へ行って12時半に人に会うので、ちょっとわからないけど、4時頃だと思うわ」

「遅い方が僕はいいな。しかしどうやって時間を教えてもらうのが一番いいかな」

「私が乗るとすぐY子に電話してもらうわ」

「そうしてください。もし僕が出掛けていても、連絡がつくように秘書に言っておくから。そうしたら迎えに行きますよ」

「どこまで？」

「どこへでも」

「じゃホームまで」

「いいですよ」

「私名古屋初めてでよくわからないから、ホームにいます」

「そうだね。うろうろしないほうがいいものね。ところで顔わかるかな」

「わかるんじゃないの」

「でも一応僕の服装話しておきます。まず今眼鏡かけてる」

「まあそうなの！」

「ほらね、もうそういうところが変わっているでしょう。背広は濃紺でワイシャツは水色。お腹も出てます」

「顔もわからないようなら、会ってもしようがないんじゃないかしら」

「いや、そんなことはないですよ」


携帯などなかった時の話。

16年振りだった。電話したのは、初めて。彼の電話番号を知っていたのは、奇跡だった。K子のおかげだ。

そして今と違って、緩い世の中だったから、番号を教えて貰えた。そしてもう一つ、彼が転勤しないで、名古屋にいてくれたことだ。

こだまが名古屋に近づくと、早々と席を立ってデッキに出た。

列車はホームに滑り込み速度を落とした。

デッキに立っていると、徐行している列車の外に、Mくんの顔が一瞬流れ、私はすぐわかった。彼も私を認めた。小走りに近づいて来る。ドアが開いて私は降りて行く。

「変わってないな。若いな」なんて。重そうだねとすぐ鞄を持ってくれる。

「何時までいいの？」

「7時には乗らないと」

「じゃまずお城の見えるホテルへ行って、お茶でも飲みながら話しましょう」

と歩きだす。

「すぐわかった？」

「すぐわかった」

地下の駐車場へ。

その間彼もちょっと興奮気味で、しげしげと私を見て、「学生時代より一段と……」と言って言葉を切る。「一段と何？」と聞いたが何も答えなかった。

助手席に座ると、

「何年振りかな。十二年くらい？」

と訊いてきた。

「16年振り」

「そう16年振り。新宿で会って以来だよね」

「えっ、新宿でなんか会ってないわ」

「そうだっけ？」


お城の前の高級ホテルに入った。豪華なロビーに入って、お城の真正面に座る。向き合っているのが、はじめは落ち着かない感じだった。


コーヒーを頼むと、いきなり「ご主人は、僕の知ってる人？」と訊いてきた。

「知らない人よ」

「どういう人？」

「M金属鉱業の研究開発部門にいるわ」

「それはすごいね。いくつ？」

「7歳上」

「じゃ僕なんか男の人じゃなくて、友だちという感じでしょう」と言った。

「えっ、友だちじゃいけないの？」

食事をしようとレストランの予約をし、話をしていると、時間だと知らされ、エレベーターに乗り込む。並ぶと、すごく背が高い。

「背が伸びた？」

「まさか。昔と同じだよ」

「何センチ？」

「183くらいかな」

ええっ、そんなにあったっけ？

レストランに入ったら、支配人らしき人が挨拶に来た。

先日は……と親しそう。そんな処に連れて来て、いいのかしらとちょっと思う。

早い時間なので、他に人はいなかったが、女の人が入って来て、ピアノの演奏が始まった。静かな曲が流れ出す。

まずカクテルのマンハッタンを注文してくれた。ご家族の健康に乾杯！

「ステーキでいい？　ここのは美味しいんだ」

「ステーキ大好き」

だが、いざステーキが運ばれてくると、全く喉を通らない。

冷静だと思っていたが、やはり昂っているのだ。

グラスをとる。美味しい。

テーブルの向こうで、彼は落ち着いた様子でフォークを使っている。

窓の向こうは天守閣。オレンジ色の月が、天守閣の横に昇りはじめた。

「志望は芸大だったんだ」

「芸大?」

「創造することが好きで、東京芸大の建築科を二回受けて駄目だった。二年目に早稲田の建築に受かったんだけど、志望するものと違ってた。三浪して電通大に入った。しかし大学には行かず、芸大へ行って、絵を描いたり彫刻をやったりしてたんだ」

「そんなことができたの?」

「できたんだよ」

その時期、私は学放協にいて、そして事務所が上野広小路にあったので、上野あたりでニアミスしていたかも知れない。そんなこと今思っても仕方ないことだけど。

東京工業大学を受けるのだとばかり思っていた。物理や数学に力を入れていたから。建築科なら、それも頷ける。それにしても芸大とは！

私は彼のことを何も知らなかった。彼も、私が慶應を受けると思っていた。何故か私は六大学の中で慶應を応援していて、そして何故かそのことが知れわたっていて、早慶戦の時期になると、早稲田出身の先生がたと、舌戦を繰り広げていた。

Hくんやくんの受験校は知っていた。

「二年浪人して、留年もして、親には、本当に迷惑かけた」

「でもX社に入って。凄いじゃないの」

「研究を希望したんだけどね、営業をやるように言われて。そろそろ研究に移りたいと思っている」

そう言いながら、彼の表情も物腰も自信に満ち溢れている。仕事に不満も不安もなく充足の中にいることを窺わせる。

「Nくんお元気なの？」

「彼の今は知らない。失望させて悪いけど。高校時代のヤツらとは、ほとんど付き合いを切った」

高校時代は切ったのに、会ってくれたんだ。

「でも、こうやって話してると、高校時代もいいなって思った」

「私は高校時代が一番懐かしいわ」

「輝いていたものね」

「えっ、そう?」

「成績はいいし、いい友だちを持っていたし、いつも自由に振る舞っていた」

「我儘だったってことかしら?」

「そうは思わなかったが、小野家のお嬢さんだしね。ちょっと怖い感じはあったかな」

だから積極的に動かなかったのか。

レストランの中は静かだった。

外を見る。

月は満月だった。天守閣より低い中空に、丸いオレンジ色の月は止まっている。これまでこんなに近くに月を見たことがない。こんなに丸いのも、こんなに鮮やかなオレンジ色に見えたのも、初めてのような気がする。


「T美さんはどうしているの」

T美の名前が出た。彼女のことを話したものか迷っていた。やはり覚えているんだ。

「あなた、彼女のことを喜劇だと言ったわ」

「あの頃は、女の人に親切にしなくてはいけないと、考えていたんだよね」

そうなのか。

それにしても15歳の頃に、女性に親切にしなくてはいけないと考えていたなんて、評判通り大人だったのだ。

でもあの頃彼の笑顔は、少年の初々しさに溢れていた。

「ヘッセを好きだったでしょ」

「ああ、あれも若気の過ち」

「まあ」

傲慢、プレイボーイ、毒舌家。

Mくんに冠せられた、さまざまな形容詞が、私の頭をよぎった。

「Hは元気？　京都にいるんでしょ？」

「今日会って来た。本当に久し振りだったのだけど、元気だったわ」

「そう」

「Y子も一緒に食事してきた」

時間が来て立ち上がった。

私のお皿には、料理がほとんど手をつけられないで、残っている。

「乗り物に乗る前は、あまり食べられないの」と謝る。

レストランを出ると、Mくんはトイレへ入っていった。

私も入った。手を洗いながら、鏡を見た。上気しているが、やさしく可愛い顔が、そこにあった。

いい顔だった。

ずっと頬はピクピクと痙攣し続けていたような気がするが、そのような上ずった気配はどこにも表れていない。

いい顔をしていてよかったと思った。

外に出ると、火照った頬に夜の風が心地よい。

オレンジ色の月は、城の上にあった。


駅に着くと、みどりの窓口へ行って、東京までの特急券を買った。

ホームへ上がると、Mくんはまじまじと、私を眺めた。

「随分痩せたんだね」

「私、そんなに太っていた？」

彼は答えに窮していた。

「いいのよ。わかっているから」

Hくんにも痩せたねと言われた。

列車の姿が見えて来た。

「また来てください。今日はとても楽しかった」

「ええ、有難う。上京した時は連絡してください」

このような機会が、近い将来にあると考えたわけではない。もうこれっきりかも知れない。一度きりだから、いいのだ。


翌日はＰＴＡの役員会だった。

日常に戻ったが、まだふわふわしていた。一大冒険をして来たのだもの。


高校時代、いろんな噂があった。

手紙をやり取りしたし、よく話をしたが、Ｍくんは恋人にはならなかった。私が失恋したというのでもない。

友達でもなかった。友達というのは、ＦくんやＨくんのような人。

Ｍくんの思い出がいつまでも風化しないのも、その奇妙な関係のせいかも知れない。

あんなに一途に人を恋うることは、二度と出来なかった気がする。

あれは何だったのだろうという思いが、時折心をよぎる。


そして逢いにいった。

楽しかった。

何かがどうかなったわけではないけれど。

十六年ぶりにまみえし人と眺めたる
名古屋の城に満月の昇る

この時のことはとてもいい思い出ではあった。

しかし、これだけはっきりとこの日のことを思い出したのは、家の建て替えのため家の中の整理をした時、古い日記が出てきたからだ。Mくんを訪ねて、名古屋へ行った頃の日記帳で、その日のことが詳しく書き留められていた。

Mくんのこと自体、高校時代の切ない思い出。嬉しかったり、ドキドキしたり、泣いたり。手紙を貰って、その日のお弁当が、一口も喉を通らず、家に帰る前に、友だちに処分して貰ったり。何時間もかけて、味気ない返事を書いたり。

恋をしたのだから、そりゃあ、苦しかったよ。

数年前に、この時のことを妹に話して、「彼、好意を持っていてくれたわよねえ」と訊いたことがある。

「そりゃそうよ。そんなにしてくれたんだもの」

「うん」

「よかったね」と、妹はしみじみと言ってくれた。

嬉しかった。


80歳になった時、T美、Y子と三人で会った。

不思議なことに三人で会うのは、大学卒業以来だった。

住む処が違ったし、それぞれ二人では会っていたが、三人揃うことはなかった。

初めは京都で会うことになっていたが、T美が、家の改築中に腰を痛めた。神戸ではどう？　と検討して、結局新居浜に落ち着いた。

背中を痛めて5本もボルトを入れているY子が、大阪から一人でバスで来た。

駅前のホテルに泊まり、東洋のマチュピチュと市が宣伝している、別子銅山跡地へ行った。


その2年後に、私たちは再び集まった。

私の診察日に合わせて、松山で。

JR松山駅に、新居浜から列車で来たT美を迎えて、二人で市駅に行き、大阪からバスで来たY子を迎えた。ボルトが5本入った体で頑張ってやって来た。

デパートの喫茶でお茶をして、ホテルへ。

私の定宿なので、何かと便宜を図ってくれた。

食事後、部屋のベッドに寝転んで喋っているうち、T美が眠ってしまった。

私とY子はベッドが並んでいた。


「私、これまで生きてきて、後悔したことないのだけどね」

Y子が、いつもの静かな口調で話しはじめた。

「中学校のクラス会に出た時、Gさんが入院していることを聞いたのよ。でもお見舞いに行かなかったの。そうしたらその1週間後に亡くなった。後悔したわ」

Gさんは、Y子が中学校の時に好意を持ち、ずっとそれを棄てきれない男性。

Y子は、自分を愛し抜いた男性と結婚して、幸せに暮らしたが、彼女には彼女の苦労と歴史がある。


それを聞いた時、私は名古屋でMくんに会ったことを思い出した。40年余り前のことなのに。

素敵な思い出なのに。

何故この時思い出されたのか。

「Mくんは、意外と誠実だったと思わない？　傲慢だとか言われてたけど」と私は言った。「どちらが好きなの」というY子の問いかけに、手紙をくれたし、帰りを待っていてくれた。

名古屋では、その朝電話したのに、快く会ってくれたし。

「そうね。でも誠実になれるのは、気があるからよ。なかったら、誠実になれない」

Y子の言葉だから、含蓄がある。「あなたたち、仲がよかったよ」とも言ってくれた。

私は今も、東京と高松の往き来を続けている。

足も腰も腕も痛いので、普段は最も身体に楽な、寝台特急サンライズ瀬戸を利用している。

しかし時折新幹線で移動して、大阪で下車する。そしてY子と会う。

私が泊まるホテルと彼女の住まいが、比較的近いこともあって、最近はホテルのレストランでランチを楽しみながら、お喋りをする。あれやこれやと。

T美の話もする。Mくんの話題になることもある。

「あなたたち、本当に仲良かったわ。間違いなくMくんはあなたに好意を持っていたわよ」なんて言ってくれると嬉しくなる。

お互いに元気で、たまにこうして会えるのは、本当に幸せなことだ。

15歳で出会って、87歳になっても友達でいるなんて、奇跡だと思う。

T美ともよく会っていた。

彼女が就職して岐阜にいた時、遊びに行ったこともあるし、結婚してからはずっと新居浜にいたので、会う機会は多かった。

彼女の家を初めて訪ねた時、長男くんは5歳くらいだった。

夏だったので、娘たちや甥も新居浜にいて、子供たちで遊んだ。その時、長男くんが、ままごとで、「ボクがママになる」なんて言ったのを、懐かしく思い出す。

最近は、私が松山のY先生の診察を受けて、高松へ戻る途中に新居浜で降りて、T美と会う。駅で待っていてくれて、カフェやレストランで喋りながら、ぼそぼそと食べる。

彼女はあまり食べない。無理やり食べさせようと努めたが、小柄な身体がますます小さくなっていく。

或る時、いつものように駅で待っていてくれたT美が「今日は家へ行こう」とタクシーに乗った。

彼女の家は、市の東部にある。30分ほど走った。

タクシーから降りて、驚いた。数寄屋風の立派な新築の邸宅。

彼女が住んでいた家を壊して、長男が建てた。

彼女の部屋は10帖ほどの、フローリング。小さな流し台がついている。

「これね？」

「そうそう。あなたが勧めてくれてよかった。大工さんも、付けといたほうがいいよと言って」

建築途中で、いろんな話を聞いて、余計な口出しをしたのだ。

お嫁さんと同居と聞いて、自分の茶器くらい、ちょっと洗うところがあったほうがいいわよ、と。

きれいな部屋を貰って、息子さん夫婦に大事にされて、落ち着いた暮らしをしている。

T美が用意してくれたサンドイッチを軽くつまんで紅茶を飲んでいると、彼女がさりげなく言った。

「Mくんは亡くなったらしいわよ」

唐突に思いがけない話題が出て、驚いた。カップをテーブルの上に置いた。

「どうして知っているの？」

「同窓会名簿に出ていた」

「同窓会名簿をとっているの？」

「ええ。うちは、夫も息子もみな、東高だから、誰かが注文しているみたい」

私はもう大分前から、とっていない。ちょっと高いし、あまり必要でないものは手に入れないようにしている。

T美とMくんのことを話すのは、やはり少しわだかまりがある。何か心の底から、フランクにというわけにはいかない。昔むかしのことで、お互い何の関わりもないのに。

誰にしろ訃報は悲しいもの。

私たちの年齢になると、友人はもう何人も喪っている。Hくんは、もう5年も前に亡くなっていた。

だが帰宅して落ち着くと、思いがけない哀しみが、私を襲った。

……Mくんはもうこの世にいない。

逢おうとは思わざりしに逝きしこと
知りて寂しき思いのほかに

あとがき

私は今年の3月で八十八歳になります。米寿です。

4年前の令和2年、八十四歳の時に娘に勧められ、毎日新聞と文芸社主催の「人生十人十色大賞」に、池波正太郎作品により人生が変わったということをテーマにした「私の人生忘れもの」という作品を書き、応募いたしました。入選はしませんでしたが、出版する気があれば協力いたしますという連絡を文芸社からいただきました。その時はそういう気持ちにはならず、そのままにしておりました。

令和4年に、夫君を亡くされた高名な作家の書物を読み、刺激を受け「さがしもの」を書き、応募しました。

その年の秋に右腕を骨折して、ペンも持てず、本を読む気にもなれず、「私の人生は終わった」と絶望的になりました。が、令和5年が、池波正太郎生誕100年ということでさまざまなイベントが企画され、それに参加するうちに、「今年書かなければ」という気持ちになり、3年前に応募した「私の青春忘れもの」に加筆・修正する形で書き、応募いたしました。それが「八十七歳、闇と光」です。

やはり入選は出来ませんでしたが、文芸社の方から「本にしませんか」という強いお勧めをいただき、娘たちの後押しと協力もあり、出版を決意いたしました。

そうなるとあれもこれも書きたくなり、新たに書いた文章を応募した「さがしもの」と「八十七歳、闇と光」に加筆させていただきました。内容がかぶるところも多いのですが、一冊にまとめることにいたしました。

娘たちの強力な支援を得て、なんとか完成させることができました。感謝しかありません。

恥ずかしながら、ここまで生きてきた証、そして記念としたいと思います。

なお、雲霧仁美というペンネームは、大好きな池波正太郎作品の登場人物・雲霧仁左衛門から使わせていただきました。

最後に、書籍化にあたり文芸社の今井様、竹内様に大変ご面倒とお世話をおかけしました。御礼申し上げます。

令和6年　1月　雲霧仁美

著者プロフィール

雲霧 仁美（くもきり ひとみ）

1936年生まれ。
愛媛県出身。
青山学院大学文学部英米文学科卒。
東京都在住。

八十七歳、闇と光

2024年４月15日　初版第１刷発行

著　者　雲霧 仁美
発行者　瓜谷 綱延
発行所　株式会社文芸社
〒160-0022　東京都新宿区新宿１－10－１
電話　03-5369-3060（代表）
03-5369-2299（販売）

印　刷　株式会社文芸社
製本所　株式会社MOTOMURA

ISBN978-4-286-25211-7

目次